Günther Vogt
Wilde Schönheiten:
Yukon und Alaska

Günther Vogt

Wilde Schönheiten: Yukon und Alaska

Haag + Herchen

Bibliografische Information der Deutschen Nationalbibliothek
Die Deutsche Nationalbibliothek verzeichnet diese Publikation in der Deutschen Nationalbibliografie; detaillierte bibliografische Angaben sind im Internet über http://dnb.d-nb.de abrufbar.

ISBN 978-3-89846-811-4

Schwarzwaldstraße 23, 63454 Hanau

Satz: kn
Herstellung: dp
Umschlaggestaltung: Maria Reichenauer
Printed in Germany

Verlagsnummer 3811

Für Heinz und Käthe

I.

Dies ist eine Huldigung, eine Liebeserklärung. An den Yukon und das Yukon-Territorium in Kanada, ein Land voll wilder Schönheit. Und da schließe ich jenseits der kanadischen Grenze ganz Alaska gleich mit ein. Die Ureinwohner haben schließlich keine Grenzen gekannt.

Wann hat mich das Zauberwort *Yukon* in seinen Bann gezogen? Waren es die Bücher Jack Londons, Goldrausch, Wildnis, Wolfsblut? Jedenfalls war *Yukon* ein Traum – und sehr weit weg. Unberührte Natur – das wollte ich sehen und erleben. Zunächst ein Traum nur, kam es allmählich in den Bereich des Möglichen. Meine Situation ließ es mittlerweile zu, eine längere Reise zu planen, auch wenn es seitens der Firma gar nicht gerne gesehen wurde, einen vollen Jahresurlaub dafür in Anspruch zu nehmen. Die Umsätze sollten nicht zurückgehen, nur weil der Verantwortliche Urlaub machen wollte. Ich setzte mich über diesen Mythos der Unabkömmlichkeit hinweg. Manchmal läuft der Laden sogar besser, wenn der Chef nicht da ist, sagt man…

Ein kleines Frankfurter Reisebüro hatte ein interessantes Angebot für mich in Form eines mehrwöchigen Aufenthalts in der Dezadeash Lodge im Yukon-Territorium. An- und Abreise waren selbst zu regeln, geboten wurden Kost und Logis. Und mehrere besondere Highlights. Die Lodge lag unmittelbar am Rand des 1976 gegründeten Kluane-Nationalparks, das machte die Sache besonders spannend für mich.

Reisetermin war der Sommer 1976, die Anreise allein schon ein Erlebnis. Es gab noch keine Direktflüge von Frankfurt nach Whitehorse, der Hauptstadt des Yukon-Territoriums. Von Frankfurt aus ging es zunächst nach Amsterdam, dann mit Canadian Pacific Air nach Vancouver, mit Zwischenstopp in Calgary, und schließlich, von Flugplatz zu Flugplatz hoppelnd, nach Prince George, Williams Lake, Quesnel, Watson Lake und Whitehorse. Allein diese Reise bis zur Dezadeash Lodge dauerte drei Tage. Ohne Auto war von Whitehorse eigentlich kein Weiterkommen. Es gab aber eine Greyhound-Fernbusverbindung nach Fairbanks, der Bus nahm den Alaska Highway Nr. 1 und hielt auch in Haines Junction. Von dort biegt in Richtung des Hafens Haines in Alaska die Haines Road ab, an der die Dezadeash Lodge* lag. Der Bau dieser Straße ist eine Geschichte, die zusammen mit der des Alaska Highway noch erzählt werden soll.

Ich würde in Haines Junction abgeholt werden und sollte mich telefonisch von dort bei der Lodge melden, hatte man mir im Reisebüro gesagt. Ich rief an, und nach etwa drei Stunden kam ein Jeep mit zwei abenteuerlichen Gestalten. Das waren Heinz und Charlie, die mich abholten. Die Straße war damals eine *gravel road*, eine Schotterpiste. Nach einer halben Stunde hatten wir bereits eine Panne. Charlie kümmerte sich darum, kroch unter den Jeep. Mit Heinz konnte ich mich auf Deutsch unterhalten, und das war ein besonderer Vorteil für mich, denn mein Englisch war nicht das beste. Erst nach einer ganzen Weile ging es weiter.

Die Lodge war mehr oder weniger ein Familienbetrieb. Das mir zugedachte Zimmer hatte Dusche und Toilette, die Mahlzeiten waren im Gastraum einzunehmen. Zur Lodge gehörte eine Tankstelle, die einzige auf den rund 220 Kilometern zwischen Haines und Haines Junction. Die Stromversorgung übernahm ein Generator mit Dieselantrieb, der Motor wummerte Tag und Nacht gedämpft vor sich hin. Um die Technik kümmerte sich Wayne, auch für die angeschlossene Reparaturwerkstatt, in der kleinere Sachen wie Reifenflicken erledigt wurden, war er zuständig. Die Lodge hatte auch ein *greenhouse*, ein Gewächshaus, in dem Heinz' Frau Käthe – deutschstämmig wie er – Gemüse, Salat und Würzkräuter zog. Die lange Sonnenscheindauer im Sommer machte das möglich.

---

* heute Dalton Trail Lodge

Die Straße führt durch ein aufregendes Land nach Haines, an einen Fjord des Pazifik. Ohne Auto waren meinem Bewegungsdrang allerdings enge Grenzen gesetzt, der Kluane-Nationalpark ist Bärenland. Greenhorn, das ich war, traute ich mich nicht, allein in den Nationalpark und auf die Berge zu wandern. Aber in rund 200 Metern Entfernung von der Lodge gab es einen Bootssteg am Dezadeash Lake. Mir stand ein kleines rotes Kanu zur Verfügung, ohne Außenbordmotor, aber natürlich mit Paddel. Ich war glücklich, denn Angeln ist meine Leidenschaft. Der riesige See war voller Fische, auch von der größeren Sorte.

Der Name Dezadeash bedeutet in der Sprache der Indianer, der First Nations, ›Wasser der starken Winde‹. Den Grund für diese Bezeichnung habe ich schnell kennengelernt. Es hätte richtig schiefgehen können auf dem See der starken Winde, und das hat mich danach vorsichtiger werden lassen. Die starken Böen kommen aus Richtung des nicht weit entfernten Pazifik, da die Lage des Sees in einem U-förmigen Tal den Winden keinen Widerstand leistet.

Das kleine, rote Kanu war an dem Holzsteg festgemacht, daneben ein zweites in grün und noch ein größeres Boot mit einer kleinen Kajüte, das auch stärkeren Wellenschlag vertragen konnte. Schon das Einsteigen in ein Kanu will geübt sein. Vom Faltbootfahren her war ich das zwar einigermaßen gewöhnt. Aber der Schwerpunkt ist bei einem Kanu ein anderer und ein Stechpaddel erfordert eine andere Technik der Fortbewegung.

Arktische Äschen wollte ich fangen, hier *graylings* genannt. Als ich etwa 500 Meter vom Ufer entfernt meine Angel auswarf und mit einem kleinen Spinner den Fischen nachstellte, gab es plötzlich starke Windböen und fast augenblicklich auch große Wellen, die das Kanu querstellten. Bei meinem Versuch, das Boot wieder mit dem Bug gegen die Wellen zu richten, schlug es um, und ich lag zusammen mit Angel und Fotoausrüstung im Wasser. Der Dezadeash Lake ist kein Badeteich, die Wassertemperatur nicht höher als 10 Grad Celsius. Nach Luft schnappend bekam ich das lange Haltetau des Boots zu fassen, konnte das Kanu aufrichten und so ein Abtreiben verhindern. Das Paddel allerdings war weg.

Meine teure Fotoausrüstung und auch mein Angelzeug lagen im Wasser, beides wollte ich aber auf keinen Fall verlieren. Bei den Rettungsschwimmern des DLRG hatte ich Tauchen trainiert, so konnte ich in mehreren Tauchgängen fast alles vom Seegrund wieder heraufholen, indem ich mir die lange Bootsleine um ein Handgelenk band, damit das Kanu nicht abtreiben konnte. Meine Sachen lagen in vielleicht vier Metern Tiefe auf ebenem Seegrund, im extrem klaren Wasser gut zu erkennen. Ins Boot wieder reinzuklettern, war nicht möglich, und so schwamm ich mit Boot samt gerettetem Inhalt die große Strecke zum Ufer. Immer wieder von den Wellen überspült, habe ich eine Menge des köstlichen Wassers des Dezadeash geschluckt. Etwa zwei Kilometer war ich von der Lodge entfernt.

Niemand hatte die Havarie gesehen, es kamen auch keine Fahrzeuge auf der nahe vorbeiführenden Haines Road entlang. Ich musste im seichten Wasser – der Ufersaum war bewachsen – zum Steg der Lodge staksen und dabei die Schuhe anbehalten, um mich an den scharfen Steinen und abgebrochenen Schilfhalmen nicht zu verletzen.

Als ich in der Lodge ankam, gab es kein Bedauern über mein Missgeschick. Heinz und die anderen lachten nur und Wayne zeigte deutlich, was er von dem ungeschickten Deutschen, diesem Stadtmenschen, hielt. Jetzt musste alles getrocknet werden. Mein Angelgerät war wieder zu gebrauchen – allerdings für das Kaliber der Fische hier eindeutig zu schwach, wie sich später bei den großen Saiblingen und arktischen Hechten, *northern pikes* genannt, und des *chinook*, des Königslachses, zeigte.

Gravierend aber war der Schaden am Fotoapparat und den beiden Objektiven. Den im Gerät befindlichen Film habe ich entwickeln lassen, die vom Wasser verursachten Flecken auf einigen Fotos sind heute noch zu sehen (vgl. S. 33, Foto oben). Am Auspuffrohr des Dieselmotors versuchte ich die Objektive zu trocknen, immer und immer wieder, bei Normaltemperatur bekamen sie Schlieren. Es hat lange gedauert, bis das Gerät wieder einigermaßen funktionierte und die Objektive frei waren. Und glücklicherweise hatte ich mir keinen Schnupfen geholt.

Ohne Auto waren meine Aktivitäten wie gesagt begrenzt. Wanderungen in den Busch und die Berge hinauf waren für mich, der ich ohne Outdoor-Erfahrung in der Wildnis des Yukon war, riskant. Grizzlies und Schwarzbären, Wölfe, Vielfraße, Elche und Karibus leben im Kluane-Nationalpark und auch alles andere, was die nordische Wildnis zu bieten hat. Ich stellte den Fischen nach, beobachtete die Vogelwelt, schaute den Flugkünsten der Kolkraben zu, faulenzte ein wenig.

Da bekam ich das Angebot, an einer Tour mit einem größeren Kanu teilzunehmen, dem grünen, das einen starken Außenborder hatte. Das ließ ich mir nicht zweimal sagen, und so fuhren wir – das waren Arthur, genannt Art, der für die Lodge arbeitete, Doris, seine Frau, Martin, der kleine Sohn von Heinz, und ich – los: vom westlichen Ende des Dezadeash bis zum Ausfluss des Sees in den Dezadeash River. Zunächst aber ging es zu einer kleinen *cabin*, einer Blockhütte, am Seeufer hinter einer Landzunge, etwa drei Kilometer von der Lodge entfernt. Dort machten wir Picknick. Doris kochte Cowboykaffee auf dem Yukon-Herd. Zu Herd und Kaffee später mehr, denn ich hatte bald selbst noch reichlich Gelegenheit, beides auszuprobieren.

Dann ging es weiter über den großen See, der immerhin 19 Kilometer lang ist und an seiner breitesten Stelle 9 Kilometer misst. Seine Position, 60 Grad Nord, 136 Grad West, entspricht in etwa dem Breitengrad der norwegischen Stadt Bergen. Da es an der Küste des Pazifiks aber keinen Golfstrom gibt, sind die Winter am Dezadeash Lake sehr viel härter als im norwegischen Bergen. Der See ist nicht sehr tief und es gibt viele Felsriegel und Steine knapp unter der Wasserlinie. Das macht schnelles Fahren mit dem Außenborder riskant, deshalb musste der kleine Martin im Bug auf dem Bauch liegend immer wieder warnend ›*shallow*‹ rufen, wenn so ein Hindernis auftauchte, damit Art den Propeller des Motors aus dem Wasser heben konnte.

Wir fuhren bis zum Ausfluss des Sees, einer sich verengenden Bucht, Dezadeash River genannt, der als Quellfluss des Alsek, von dem noch zu reden sein wird, in einem großen Bogen in diesen mündet. An dieser Engstelle haben wir geangelt. Art kannte sich aus und sagte nur: »Hier gibt es Fische.« Und es gab sie. Nicht die erhofften Äschen und Saiblinge, vielmehr arktische Hechte, kapitale Fische, die sofort auf den Wobbler ansprangen. Wer in Europa auf Hechtjagd geht, weiß von langen, geduldigen Stunden zu berichten. Hier ging das ruckzuck. Sechs große Hechte in kurzer Zeit. Ich habe alle wieder in ihr Element zurückgesetzt. Der Hecht wird im Yukon-Territorium nicht gerne gegessen, da es so viele andere Arten gibt: Lachse, Saiblinge, Forellen, Äschen.

Es war Zeit zurückzufahren, starker Wind war aufgekommen, das große Kanu kam trotz des starken Außenborders nicht gegen die hohen Wellen an. Doch Art gelang es, immer im Uferbereich bleibend, in die Nähe der Haines Road zu kommen. Dort konnten wir einen in Richtung Lodge Fahrenden veranlassen, Heinz zu informieren. Der kam dann auch mit seinem kleinen Pritschenwagen, auf den wir Kanu, Motor und Benzinkanister verluden, und brachte uns, ausgekühlt, abgekämpft und längst überfällig, in die Lodge zurück.

Art beeindruckte mich: ein interessanter Typ, so wie ich mir einen der alten Waldläufer vorstellte, einen der französischen Voyageurs, die das Land mit ihren Birkenrindenkanus, den Indianern abgeschaut, eroberten. Das meiste über Art weiß ich von Heinz, aber auch selbst Erlebtes wird hier erzählt.

Art hätte direkt aus Südfrankreich kommen können, so französisch sah er aus, er stammte aber aus Québec. Auf seiner Reise von dort nach Alaska mit dem Kanu hatte er die alten Waldläufer- und Pelzhändlerrouten genutzt, in zwei Jahren fast 8.000 Kilometer quer durchs Land. Im Yukon-Territorium war er hängen geblieben, und auf der Lodge hatte man ihn gebraucht. Zusammen mit Doris bewohnte er im Wald ein selbst gebautes Haus in der Nähe der Lodge, ein Gebäude, das wir sicher nicht als Haus bezeichnen würden. Vorbild war eher die indianische Architektur, den Bedingungen des klimatisch sehr harten Landes angepasst. Zur Hälfte ins Erdreich eingegraben, blockhausähnlich, aus starken Stämmen einer hier vorkommenden Nadelholzart gebaut. Das wetterfeste Dach war aus schlankeren Baumstämmen gezimmert, verfugt und abgedichtet mit Lehm und bewachsen, ein grünes Dach. Ich war einmal bei Art und Doris in dieses Haus zum Kaffee eingeladen, und es war sehr nett und urig, der Wohnraum mit Tierfellen von Elch, Karibu und Bär ausgelegt.

Als Art mich in der Lodge abholte und wir auf dem Pfad durch den Wald gingen, riss er eine große Brennnessel aus der Erde und verzehrte sie wie wir einen Salatkopf. »Das musst du auch machen, dann wirst du stark und es macht dich gesund«, war sein Kommentar. Doris half in der Küche der Lodge und kochte auch selbst. Einmal brachte ich ihr einen selbst gefangenen Lachs, etwa fünf Pfund, mit der Bitte, ihn zuzubereiten. Sie warf mir den Fisch vor die Füße und sagte, ich solle ihn, wie es sich gehöre, erst mal putzen, ausnehmen und filetieren, dann könne ich wiederkommen. Als der Bursche dann gebraten auf der Platte lag und herrlich duftete, habe ich kräftig zugelangt – aber zu viel ist zu viel, von Lachs hatte ich dann erst mal genug.

Eine Story, die Heinz über Art erzählte, ist mir noch in Erinnerung. Die Lodge hatte eine kleine Bar mit Lizenz zum Verkauf alkoholischer Getränke. Nur am Abend von 9 bis 11 Uhr p. m. durfte dort Alkohol ausgeschenkt werden, eine Auflage, die streng befolgt wurde – vermutlich gab es verdeckte Kontrollen. Bei einer Flasche Bier erzählte Heinz die Geschichte von Arthurs Silberhochzeit. Art wollte bei ihm eine Flasche Whisky kaufen. Auf die Frage, wozu er eine ganze Flasche Whisky brauche, war Arts Antwort: »Ich habe Silberhochzeit.« Heinz: »Aber Doris muss doch in der Küche sein und arbeiten.« Art: »Na und, macht nix, ich kann auch ganz gut alleine mit meiner Flasche feiern!«

Das Angebot der Lodge umfasste eine zweitägige Tour zu den Seen Mush und Bates Lake im Kluane-Nationalpark. Der Park war 1976 gerade erst eingerichtet worden. Zur Lodge gehörte eine kleine Hütte an der kurzen Verbindung zwischen diesen beiden Seen, einem etwa 250 Meter langen Bachlauf mit starkem Gefälle, dem Ausfluss aus dem einen in den anderen See. Dorthin führte ein holpriger Weg, mehr ein Steig, an einer Biberburg vorbei, durch kleine Rinnsale hindurch und mit recht steilen Abschnitten.

Der Kluane-Park umfasst eine Fläche von rund 22.000 Quadratkilometern, ist also fast so groß wie Belgien oder das Bundesland Hessen. Der atemberaubend schöne Nationalpark bietet Hochgebirge, das größte nichtarktische Gletscherfeld der Welt, den höchsten kanadischen Berg, den 5.960 Meter hohen Mount Logan, fast an der Grenze zu Alaska gelegen, und die St. Elias Mountains, eine alpine Welt der Extraklasse.

Es war nur eine Stippvisite, die uns in ein Märchenland führte. Um es in seiner Gänze kennenzulernen, bräuchte man Jahre. Heute grenzen weitere Parks an den Kluane-Nationalpark an, der Tatshenshini-Alsek Park der kanadischen Provinz British Columbia, der US-amerikanische Glacier-Bay-Nationalpark und der US-amerikanische Wrangell-St.-Elias-Nationalpark. Die Staatsgrenze trennt die Parks nur politisch. Im Übrigen werden die beiden kanadischen Parks durch den Alaska Highway Nr. 1 und die Haines Road* begrenzt. Damit ist ein riesiges, rund hunderttausend Quadratkilometer großes Schutzgebiet entstanden.

Am Ufer des Mush Lake lag ein großes Kanu, das der Lodge gehörte. Zwei Paddel und den Motor samt Benzinkanister hatten wir im Allradauto mitgebracht. Wayne hatte Schwierigkeiten, den Außenborder am dafür vorgesehenen, von Stachelschweinen zernagten Holzbrett – genannt Bootsspiegel – festzumachen. Das musste später repariert werden. Dass bei dieser Tour weitere Teilnehmer dabei waren – eine Unternehmerin mit ihrer zwölfjährigen Tochter, die am Vorabend eingetroffen waren –, hatte meine Vorfreude etwas getrübt. Die Geschäftsfrau aus Deutschland kam gerade vom Nahanni, einer der wildesten Gegenden im Yukon-Territorium, wie man hörte, und gab damit ein wenig an.

Wir durchquerten den Mush Lake und brachten dann alles zur Hütte. Wayne trug dabei den Außenborder, ich sollte das Kanu transportieren, in alter Waldläufertradition über den Kopf gestülpt. Dabei ging ich kräftig in die Knie… Wayne sagte nur: »Poor German« und trug das Boot dann scheinbar mühelos selbst.

---

* eigentlich ›Haines Highway‹, im Sprachgebrauch aber als ›Haines Road‹.

Im Wildwasser des Verbindungsbachs wollte ich *graylings* angeln und habe auch in kurzer Zeit ein halbes Dutzend der großen Äschen gefangen, die auf Stöcke gespießt am Lagerfeuer gegart wurden. Wegen der Bären wurden die Reste weggespült. Lebensmittel draußen zu lassen, ist in Kanada fahrlässig.

In der Hütte gab es zwei Stockbetten – Wayne unten und ich oben in dem einen, die Dame mit ihrer Tochter im anderen. Es war kalt, fast 0 Grad Celsius, und obwohl hundemüde, konnte ich kaum schlafen. Da wurde Licht gemacht, eine Petroleumlampe, die Dame aus Deutschland musste nach draußen. Im flackernden Licht der Laterne ging sie in einem langen Nachthemd, Waynes großes Gewehr umgehängt, ins Freie. Mir wurde warm vor Lachen bei diesem Anblick. Wäre ein Bär draußen gewesen, er wäre wohl erschrocken geflohen, und das wäre gut so gewesen, denn sie hätte ihn – vom eigenen Licht geblendet – gar nicht sehen können. Wayne hatte es auch mitbekommen, und als wir alleine waren, haben wir uns geschüttelt vor Lachen über diese Einfalt. Am Morgen sahen wir aber, dass tatsächlich ein Bär da gewesen war, nicht weit von der Hütte hatte er einen großen, frischen Haufen hinterlassen.

Nach Speck mit Eiern, Cowboykaffee und dem üblichen weichen Brot machten wir das Kanu klar zum Fischen im Bates Lake. Glasklares Wasser, man konnte 30 Meter oder mehr in die Tiefe sehen. Fangen wollten wir große Saiblinge, die hier *lake trouts* – Seeforellen – genannt werden. Als Köder diente das *rubin eye*, ein großer, löffelartiger Metallblinker mit zwei eingesetzten roten Glasperlen, den Augen. Zunächst passierte nichts. Dann konnte man einen Schwarm kleiner Fische erkennen, die spiralförmig aus der Tiefe aufstiegen und dabei immer größer wurden. So etwas hatte ich noch nie gesehen. Wayne kannte dieses Szenario, er sagte nur trocken: »Sie kommen.«

Die großen, schön gezeichneten Saiblinge können einen Meter Länge erreichen oder sogar mehr. Sieben Fische haben wir erbeutet, das war mehr als genug. Den ersten fing die Tochter der Touristin, sie schrie: »Ich habe einen, *I get one*« und war restlos happy. Ich fing zwei, das reichte. Eine

Erklärung für den fast bedächtigen Aufstieg der Fische aus der Tiefe könnte sein: Sie gleichen damit den abnehmenden Wasserdruck aus und regulieren den Druck auf ihre Schwimmblase.

Die Seen in dieser Höhenlage sind relativ nährstoffarm, und ich wunderte mich über die Größe der Saiblinge. Beim Ausnehmen fand ich eine mögliche Erklärung: Die Mägen waren voll mit Schneckengehäusen, dieselben Wasserschnecken fand ich an den Ufersteinen. Vom Ufer aus, an der Mündung eines Bachs in den See, fing ich später noch einen Saibling von rund drei Kilo Gewicht mit einer künstlichen Fliege, die Tiere jagen also auch an der Oberfläche nach Insekten.

Es wurde Zeit für die Rückkehr. Wir packten das wenige Mitgebrachte ein, auch die Beute, schleppten Boot und Motor zum Mush Lake, steuerten ans andere Seeufer, verstauten alles im Jeep und zwängten uns in das enge Fahrzeug. Dann fuhren wir die etwa zwanzig Kilometer zurück. Hinter einer scharfen Kehre stoppte Wayne abrupt. Auf dem Weg saß ein großer, dicker Schwarzbär, vielleicht fünf Meter vor uns. Er konnte das, was da so plötzlich auf ihn zugekommen war, offenbar nicht einordnen, denn es dauerte. Aber plötzlich, wie eine Rakete, sprang er mit einem einzigen Satz die steile Böschung hinunter und verschwand im Busch, ehe ich die Kamera in Stellung bringen konnte.

In der Lodge angekommen, hatte Wayne noch eine Überraschung für mich parat. Die vom Bates Lake mitgebrachten Fische reichten ihm nicht. Der Grund: Er wollte die Saiblinge nach Haines, Alaska, bringen. Dort wurde der Fisch wegen seines besonderen Geschmacks und seines geringen Fettanteils geschätzt von Leuten, die den Lachs überhatten. Wayne brauchte also mehr von den Saiblingen. Er kannte eine Stelle im Dezadeash Lake, wo es welche gab, an einem Bacheinlauf in den See mit einer tieferen Stelle. Das war ein Anglerfest, sieben oder acht richtig große Exemplare konnten wir an Land ziehen. Für mich, den anspruchslosen deutschen Angler, unglaublich.

Wayne hat diese Fische dann neben anderen Dingen gegen frischen, vor der Küste gefangenen Lachs eingetauscht, den es im Dezadeash Lake in der Nähe der Lodge nicht gab – außer bei den Indianern, den First Nations, am Klukshu River, sie hatten dort die Fangrechte. Ihr Sommerdorf liegt unmittelbar am Klukshu.

Sommerdorf bedeutet, dass die Bewohner, die der Champagne- und Aishihik-Volksgruppe der südlichen Tutchone-Sprachgruppe angehörten, sich dort aufhielten, um die Lachse während des Aufstiegs in die Laichgewässer zu fangen. Das machten sie auf eine erstaunlich einfache Weise mit einer *fish trap*, einer hölzernen, in den kleinen Fluss hineingebauten Fanganlage. Die Lachse schwammen hinein, fanden aber nicht mehr hinaus, sodass man sie während der Laichwanderung direkt dort herausholen konnte.

Während des kurzzeitigen *salmon run* kommen meines Wissens drei der pazifischen Lachsarten im Klukshu River vor: der Königslachs, der *chinook* genannt wird, der *sockeye* (Rotlachs) und der *coho* (Silberlachs). Die Indianer nahmen sie aus und hängten sie auf ein großes Holzgestell, um sie zu trocknen und zu räuchern. Das Kalträuchern geschah auf eine einfache, wirkungsvolle Weise: An der Luvseite, also der dem Wind zugekehrten Seite des Gestells, gab es ein kleines, ständig glimmendes Feuer, mit aromatischen Zweigen und Gräsern bedeckt. Der wehende Wind umspülte sozusagen ständig die ausgenommenen Fische mit dem Rauch und konservierte sie so als Vorrat für die langen Winter.

Hermann nahm mich mit in das Klukshu-Dorf. Er stammte aus Bayern, aus Waging am See, und kam von Zeit zu Zeit in die Lodge. Was ihn ins Yukon-Territorium verschlagen hatte, weiß ich nicht, auch nicht, wo er dort lebte. Hermann hatte ein kleines Auto. Ohne ihn wäre ich nie in das Klukshu-Dorf gekommen, das mindestens acht Kilometer von der Lodge entfernt lag. Ein Dorf konnte man es eigentlich kaum nennen, es waren höchstens acht oder neun blockhausähnliche Häuser aus Holzstämmen. Dort sah ich auch einen großen Vorratsspeicher, einen *cache*. Dieser ›Käfig‹ war in etwa drei Metern Höhe auf vier Stelzen angebracht, starken, glatten Stämmen ohne Rinde, die zusätzlich mit Blech beschlagen waren, damit kein Schädling hinaufklettern konnte, auch der Vielfraß nicht.

Als wir im Klukshu Village waren, hielten sich gerade zwei kanadische Fischbiologen von der Universität Vancouver dort auf, die im Auftrag der Behörde die gefangenen Lachse vermaßen und ihnen Schuppen entnahmen. Es ging dabei um die besorgniserregende Abnahme der Bestände, um Überfischung durch Fangflotten schon vor dem Laichaufstieg der Lachse im küstennahen Bereich. Bei meinen späteren Besuchen war es Touristen nur erlaubt, einen Lachs pro Tag zu fangen.

Der Klukshu mündet in der Nähe von Dalton Post in den Tatshenshini River. Ursprünglich eine Ansiedlung der Aishihik, wurde dieser Ort später auch Stützpunkt der Händler, Trapper und Goldsucher auf ihrer Route vom *inlet* – wie die Fjorde hier genannt werden – ins Binnenland, auf der sie uralten Pfaden der Ureinwohner folgten. Die Küstenstämme der Tlingit trieben Handel mit den Athabasken im Binnenland, zwischen dem heutigen Haines und Fort Selkirk am Yukon, auf einer Strecke von über 350 Kilometern in einem ganz schwierigen Gelände.

Handelsgüter waren damals beispielsweise Kerzenfische, die zur Familie der Stinte gehören und an diesem Küstenabschnitt bei Haines vorkommen. Sie sind sehr fett, voll von Tran, sodass man sie als Tranlichter, Kerzen sozusagen, verwenden kann. Umgekehrt wurden Pelze und Häute aus dem Binnenland zu den Küstenbewohnern gebracht. Ein US-Amerikaner, John Dalton, nutzte diese Pfade wie auch andere für Warentransporte mit Packpferden von der Küste, sicherte sie mit festen Plätzen und erhob sogar Maut.

Zur Zeit des Klondike-Goldrauschs gelangten Goldsucher auf diesen Pfaden von der Küste nach Fort Selkirk an den Yukon und dann flussabwärts nach Dawson und zum Klondike. Die vom Pazifik in das Alsek-Tatshenshini-Flußsystem aufsteigenden Lachse folgen dem Klukshu in ihr Geburtsgewässer. Aber längst nicht alle – viele, so die meisten der großen Königslachse, steigen auch im Tatshenshini und den in ihn mündenden Gewässern weiter auf.

Es war wieder Hermann, der mich zum Angeln am Tatshenshini einlud. Von der Haines Road ging es einen steil abschüssigen Fahrweg zum Fluss hinunter zu der Stelle, an der der Klukshu in den Tatshenshini mündet. Zunächst versuchten wir, Königslachse zu angeln, *chinooks*. Der größte je gefangene Königslachs soll 44 Kilogramm gewogen haben, ein Rekord. Unmöglich, mit meinem leichten Fanggerät solch einen Fisch zu landen, der sich beim Anbiss und Anschlag sofort in die Strömung stellt und dadurch den Widerstand erheblich vergrößert. Es waren andere Angler da, die Schnüre mit einer Stärke von 1,0 verwendeten und auch starke Lachsruten mit viel Aktion. Einen *chinook* konnte ich trotzdem haken und auf ein flaches Kiesbett ziehen. Der Fisch hatte offensichtlich schon gelaicht und sah nicht mehr gut aus, ich gab ihn seinem Element zurück. Bedrückend war es für mich, die flussabwärts treibenden Fische zu sehen, die nach dem Laichen fast ausnahmslos verenden – anders als unsere atlantischen Lachse, die mehrfach ins Meer zurückkehren können.

An der Klukshu-Mündung haben wir dann dem *coho*, auch Silberlachs genannt, und dem *sockeye* nachgestellt – mit gutem Erfolg. Zwei etwa drei Kilogramm schwere Fische habe ich erbeuten können, das war mehr als genug. In den Flüssen gibt es reichlich auch andere Fischarten wie zum Beispiel die Regenbogenforelle (*steelhead*) Dolly Varden, das ist ein Saibling, und *grayling*, die Äsche, die aber für die Angler hier weniger interessant ist. Dolly Vardens beißen gut auf Lachsrogen. Ich habe es mit Erfolg ausprobiert.

Das Problem ist nur: wie diese Lachseier, den Rogen, auf kleinen Haken im Wasser bei starker Strömung den Fischen vorsetzen? Die Lösung: Lachsrogen in einem feinen Gazebeutelchen auf den Haken stecken, und die Fische beißen an. An den Tatshenshini kam ich in späteren Jahren wieder zurück für ganz andere kleine Abenteuer, davon wird noch zu berichten sein.

Überraschend boten Heinz und Käthe, die Betreiber der Lodge, mir an, mehrere Tage und Nächte in ihrer Hütte am Dezadeash Lake zu verbringen. Die *cabin* hatte ich auf der Tour mit Art und Doris bereits kennengelernt, ein Kanu mit Außenborder bekam ich für Ausflüge auf den See, außerdem ausreichend Lebensmittel und Trinkwasser zur Selbstversorgung.

Ein fantastisches Angebot, das ich sofort annahm. Auch ein großer Kanister mit Benzin für den Außenborder war dabei. Die Hütte am Seeufer räumte ich ein wenig auf – und war allein in der Wildnis.

Kochen konnte ich auf dem *Yukon Stove*. Ein aufgeschnittenes Benzinfass, eine angeschweißte Stahlplatte als Herdfläche, eine schon vorgefertigte Ofentür, auch angeschweißt – und schon war der Herd einsatzbereit. Und er funktionierte. Der Ofen schluckte riesige Holzbrocken, verströmte Wärme im Überfluss und auf der Herdplatte ließ es sich gut kochen und braten. Speck mit Eiern beispielsweise, Pellkartoffeln, Fischfilet, Cowboykaffee. Der geht so: grob gekörnten Kaffee (mehrere Löffel) mit heißem Wasser überbrühen, das Ganze wiederholt aufkochen und den Kaffeesatz im Topf lassen. Denn man kann ihn mehrmals für neuen Kaffee benutzen. Für den Brennholznachschub hatte ich selbst zu sorgen, ich betätigte mich also auch als Holzfäller. Die Nadelholzbäume hier waren sehr viel härter als bei uns, die Axt prallte immer wieder vom Baumstamm ab.

Heinz hatte mir auch ein Gewehr mitgegeben, für den Notfall, wie er sagte, und der ausdrücklichen Ermahnung, keinesfalls auf Bären zu schießen. Diese könnten, auch wenn sie tödlich getroffen waren, noch hundert Meter weit rennen, ich hätte dann keine Chance. Patronen für die Winchester Rifle gab er mir keine, es gäbe in der Hütte welche, ich müsste nur danach gucken. Mehr als genug für das Sieben-Schuss-Magazin habe ich gefunden, aber nie geschossen, es war nicht notwendig, keiner wollte etwas von mir.

Etwas beruhigend war die Flinte dennoch. Bären können auf der Suche nach Fressbarem auch in Hütten einbrechen, Tür oder Fenster wären eine eher leichte Übung für sie, erfuhr ich. Heinz, der auch Schnurren erzählen konnte, sagte beim Abschied, als er mit seinem großen Boot vor der Hütte ablegte, noch: »Aufpassen: In Whitehorse ist letzte Nacht ein Schwerverbrecher ausgebrochen, er ist auch hier in der Gegend gesehen worden.« Er sagte das mit einem breiten Grinsen im Gesicht.

Ein Greenhorn in der Wildnis hört in der Nacht jedes Geräusch und schläft schlecht. Tierlaute, das Rauschen des Windes in den Bäumen, der Wellenschlag am Ufer, Eulenrufe, das Trippeln der *chipmunks*, der Streifenhörnchen, und der Grauhörnchen auf dem Dach – es gab zahllose Geräusche in den Nächten.

Die Hütte hatte einen offenen Dachboden, man konnte gerade noch stehen unter dem Dach, mit einer Leiter kam man hinauf. In einen Schlafsack eingehüllt ließ es sich dort oben aushalten. Die Giebelseite hatte ein kleines Fenster mit Blick auf den See. Unten, im Erdgeschoss, gab es ein Fenster, das nachts mit einer Art Laden von außen gesichert wurde.

Nach der ersten Nacht ging ich im Morgengrauen zum Ufer und traute meinen Augen nicht. Vielleicht zwanzig Meter entfernt weideten drei Elchbullen den Seegrund ab. Sie rissen Wurzelstöcke von Wasserpflanzen aus und fraßen sie über der Wasserlinie, das Wasser rieselte im frühen Morgenlicht der aufgehenden Sonne glitzernd von den riesigen Schaufeln ihrer Geweihe herab. Welch eine Szenerie, völlig überraschend und unwirklich für mich. Behutsam schlich ich zur Hütte, um die Kamera zu holen, aber es war zu spät. Die Tiere hatten mich gewittert und waren im angrenzenden Busch verschwunden.

Außerhalb der Brunft ist es nicht ungewöhnlich, dass Elchbullen in Gruppen unterwegs sind. Das konnte ich Jahre später auch an anderen Orten feststellen. Die Elche im Yukon-Territorium und auch die in Alaska sind wesentlich stärker als ihre europäischen Verwandten, ihre Schaufeln erreichen Rekordmaße. Die sogenannte Auslage von Geweihspitze zu Geweihspitze misst schon mal bis zu zwei Meter. In den USA und in Kanada wird der Elch *moose* genannt, es waren also drei *big bull moose*, die ich gesehen hatte. Mit *elk* dagegen meint man den Wapiti-Hirsch, auch er ist sehr viel stärker als unser Rothirsch.

Weil der Treibstoffvorrat für den Außenborder doch begrenzt war, blieb ich mit dem Boot in der Nähe der Hütte. Der Dezadeash hat kleine Inseln und ist ein eher flaches Gewässer. Elchkühe sollen ihre Kälber auch schon mal auf diesen Inseln gebären, vor den Wölfen geschützt. Man muss aufpassen wegen der Untiefen. Einmal ist es dann doch passiert: Mit dem Propeller bin ich an einem Stein hängen geblieben, der Motor lief nur noch im

Leerlauf und das Boot trieb sehr schnell ab, glücklicherweise auf das Ufer zu. Ich konnte aussteigen und mir den Schaden ansehen. Es gab nur eine Lösung: treideln, wie schon einmal. Schuhe anbehalten, um die Füße nicht zu verletzen, und das Kanu Richtung *cabin* hinter mir herziehen. Ich brauchte nahezu zwei Stunden.

Bei der genaueren Betrachtung des Schadens stellte ich fest, dass der Propeller auf der Antriebswelle mit einem sogenannten Scherstift verbunden war, der gebrochen, also geschert war. Ein Ersatzstift war mit Klebeband innen an der Motorhaube angebracht, es musste also öfters passieren und der Hersteller hatte das berücksichtigt. Den Propellerflügel klopfte ich mit einem Stein einigermaßen zurecht, sodass ich wieder auf den See konnte.

Verabredet war, dass ich abends regelmäßig zwischen sechs und sieben Uhr mit einem mir überlassenen Funkgerät die Lodge anfunkte, damit die dort wussten, dass ich okay war. Ich bekam nie eine Sprechverbindung. Die Station war überhaupt nicht besetzt, erfuhr ich später, man war also unbesorgt gewesen, was mich anging.

Mit seinem großen Boot holte Heinz mich zum vereinbarten Zeitpunkt wieder ab. Mein kleines nahmen wir im Schlepp mit. Dann gingen die gebuchten Tage zu Ende. Ich wollte noch für etwa zwei Wochen nach Alaska. Heinz schüttelte den Kopf über so viel Naivität. »Was willst du denn in Alaska? Hier ist es doch viel schöner«, sagte er. Und: »Wie willst du ohne Fahrzeug dort überhaupt hinkommen?« – »Mit dem Bus nach Fairbanks und ich habe doch mein Zelt mit«, war meine Antwort. Ich hatte offenbar immer noch nicht begriffen, dass Alaska wie auch der Yukon keine Sonntagsausflüge sind.

Am nächsten Morgen machte Heinz mir einen Vorschlag: »Es gibt da einen älteren VW-Campingbus im Schuppen, er fährt noch. Vor Jahren waren wir damit in Kalifornien und Arizona, den kannst du haben, brauchst nur die Versicherung zu bezahlen und auf eigenes Risiko natürlich.« Hoch erfreut nahm ich dieses Angebot an, und damit begann ein weiteres Abenteuer.

Vom Versicherungsagenten in Whitehorse, den Heinz anfunkte, kam die Police, und ich konnte losfahren. Zunächst nach Haines Junction, um mich mit allem einzudecken, was ich brauchte, auch mit Gas für den Kocher und Frischwasser. Dann machte ich mich auf einen langen Trip, rund 3.000 Kilometer, Alaska vom Feinsten.

Zunächst soll aber noch die Geschichte der beiden Straßen erzählt werden, der Haines Road und des Alaska Highway. Es war 1942, die Japaner hatten Pearl Harbor angegriffen, und die USA befanden sich im Krieg mit Japan. Die Japaner hatten die beiden äußersten Inseln der Aleuten, die zu Alaska und damit zu den USA gehören, besetzt. Die US-Amerikaner befürchteten, dass die Japaner sich dem amerikanischen Festland immer mehr nähern würden, und die USA beschlossen, in Zusammenarbeit mit Kanada eine Nachschubstraße zu bauen, um Waffen und Gerät auf dem Landweg nach Alaska befördern zu können.

Planungen für eine solche Straße hatte es schon vorher gegeben, aber die Ereignisse machten es notwendig, in ganz kurzer Zeit eine durchgehende Landverbindung zu schaffen. Und so wurde diese Straße, der Alaska Highway Nr. 1, auch ALCAN* genannt, in Rekordzeit von Februar bis November 1942 fertiggestellt. Zunächst als reine *gravel road*, also nicht geteert. Von Dawson Creek in British Columbia, Kanada, nach Delta Junction in Alaska. 2.232 Straßenkilometer liegen zwischen diesen beiden Orten.

Als Zubringer zum Alaska Highway Nr. 1 kam die Haines Road hinzu. Sie verbindet den Hafen Haines im Alaska Panhandle, dem ›Alaska-Pfannenstiel‹, dem auf zwei Seiten von Kanada umgebenen Küstenstreifen, mit dem Ort Haines Junction und damit mit dem Alaska Highway. Die Haines Road, 256 Kilometer lang, war zunächst auch eine Schotterpiste, und so habe ich beide Straßen noch erlebt, die später asphaltiert wurden. Die Straßen wurden von Armeeverbänden und Pionieren gebaut; aus einem Armeecamp an der Haines Road entstand die Dezadeash Lodge, an deren Stelle sich heute die Dalton Trail Lodge befindet.

Von Haines Junction nordwärts am türkisblauen Kluane Lake entlang kam ich zunächst bis zum Deadman Lake in Alaska und übernachtete auf

* ALCAN = Akronym für Alaska-Canada (*military highway*)

dem dortigen Campground. An der US-Grenze hatte ich keinerlei Probleme. Der sehr einfach ausgestattete VW Camper von Heinz war für das, was ich vorhatte, genau das Richtige. Ohne dieses Fahrzeug hätte ich Alaska nicht so intensiv erleben können. Am nächsten Tag fuhr ich dann bis Delta Junction. Hier endete 1942 der ALCAN, weil es ab dort schon die Straße nach Fairbanks gab, als ein Teilstück des Richardson Highway. Auf dem fuhr ich weiter bis Paxson, wo der Denali Highway nach Cantwell abzweigt und auf den George Parks Highway trifft. Auf dem geht es dann zum Denali-Nationalpark, vor 1980 noch McKinley genannt. Dieser Nationalpark war mein Ziel.

Die Denali-Straße war nur im Sommer offen, eine reine Schotterpiste, nur wenige Kilometer asphaltiert. Sie war schwer zu befahren, die Lenkung im VW Camper zudem ausgeschlagen, sie hätte keinen deutschen TÜV überstanden. Ich musste höllisch aufpassen. Schotterpisten geben einem bei Regen das Gefühl, auf Seife zu fahren. Die Landschaft, durch die diese Straße führt, ist atemberaubend, unwirklich schön und wild, vielleicht die schönste in Alaska überhaupt.

Bei einem Halt am Straßenrand sah ich plötzlich, etwa 15 Meter entfernt, zwei halbwüchsige Braunbären, die einen Ringkampf vollführten und mich nicht beachteten. Dieses Foto musste ich unbedingt machen, und es gelang. Im mannshohen Busch war die führende Bärin nicht zu entdecken. Es ist oft so, dass man die Tiere nicht sieht, obwohl sie in der Nähe sind. Ich stieg schleunigst wieder ins Auto, um kein Risiko einzugehen – Bären verstehen keinen Spaß, wenn es um ihren Nachwuchs geht. Das ist übrigens auch bei Elchen so.

Der Denali Highway führt durch einen Teil der Alaska Range, bei gutem Wetter sieht man bis zum Mount Hayes, einem erhabenen Berg, 4.216 Meter hoch. Brücken führen über große Bäche und Flüsse, so über den Maclaren River, den Clearwater Creek, den Fish Creek und den eindrucksvollen Susitna-Fluss. Es geht auch recht hoch, etwa auf den Maclaren Summit mit über 1.200 Metern. An einem See in Straßennähe habe ich erstmals in Alaska gefischt, auf *graylings*, die hier wirklich großen arktischen Äschen mit einer enorm hohen Rückenflosse, der Fahne, und auf Regenbogenforellen – aber ohne Erfolg. Auf dieser Fahrt habe ich sogar ein kleines Rudel Wölfe gesehen. Die Tiere überquerten die Straße sehr schnell, zum Fotografieren keine Chance. Wölfe lassen sich normalerweise so gut wie nie blicken.

Ich erreichte den Ort Cantwell und kurz darauf den George Parks Highway und war dann auf der guten, asphaltierten Straße Richtung Denali-Nationalpark – damals noch McKinley-Nationalpark – unterwegs. In den Park durfte ich auf einer zunächst geteerten Straße einfahren, die aber bald in eine *gravel road* mündete. Man muss betonen, dass man in Deutschland unter dem Begriff Park etwas anderes versteht. Dieser Park hier ist absolute Wildnis, großartiger kann man sich Natur überhaupt nicht vorstellen. Auf dem Savage River Campground verbrachte ich meine erste Nacht. Mit dem eigenen Auto durfte ich die Parkstraße, eine Schotterpiste, bis zum Wonder Lake befahren, ein Privileg, das es bald darauf nicht mehr gab.

An dieser Stelle aber noch einiges zum Park: Der McKinley-Nationalpark wurde 1980 umbenannt in Denali National Park and Preserve – ein Name, der seinen Auftrag beschreibt, nämlich erhalten, bewahren. Seit 1980 umfasst er eine Fläche von 24.585 Quadratkilometern und ist damit eines der größten geschützten Ökosysteme. Hier leben 39 Säugetierarten – Grizzlybären, Karibus, die nordamerikanischen Rentiere, Elche, Dall-Schafe, auch Alaska-Schneeschafe genannt, Wölfe, Füchse und viele andere Arten von Säugetieren – und 165 Vogelarten.

Die Straße durch den Park hat eine Länge von 146 Kilometern, davon sind nur 22 asphaltiert. Ab Kilometer 24 ist sie für Privatfahrzeuge gesperrt. Einige besondere Höhepunkte: Polychrome Pass, Muldrow-Gletscher, Eielson Visitor Center, Wonder Lake – und der Berg Denali, der Hohe, Einzige, denn das bedeutet das Wort Denali in der Sprache der First Nations. Die Straße führte oft ohne jede Sicherung scharf am Abgrund entlang.

Am frühen Nachmittag erreichte ich den Campground Wonder Lake. Der Platz war leer, nur zwei oder drei kleine Zelte standen dort, von den Besitzern, die offenbar unterwegs waren, keine Spur. Der Berg war wolkenverhangen, es war kaum etwas von ihm zu sehen. Das soll an mehr als 300 Tagen im Jahr so sein. Ich machte mir einen Kaffee, aß eine Kleinigkeit und wartete. Spätnachmittags besteht die Chance, dass sich die Wolken um den Berg auflösen. Und tatsächlich, es klarte zusehends auf, und gegen Abend erstrahlte der Denali im gleißenden Sonnenlicht. Man muss das erlebt haben: Was den Denali so einzigartig macht, ist seine Dominanz gegenüber den anderen, gewiss nicht kleinen Bergen der Alaska Range. Er ist mit seinen 6.190 Metern Höhe der höchste Berg Nordamerikas und ragt aus der etwa 800 Meter hoch gelegenen Tundra frei auf. Ich konnte mich kaum sattsehen.

Es gab noch sehr viel mehr hier am Wonder Lake zu bestaunen, dem Wundersee, der diesen Namen hat, weil er besonders bei Windstille das Spiegelbild des Denali zeigt. Einen *big bull moose* mit riesigen Schaufeln sah ich, einen Grizzlybären, der eine Hangwiese herunterkam und immer wieder mächtige Steine umdrehte auf der Suche nach Zieseln – Erdhörnchen. Der Bär hatte ein hellgraues, ins Gelbliche changierendes, schimmerndes Fell. Diese Grizzlies der Tundra und der Taiga werden auch Barren-Ground-Bären genannt. Sie erreichen nicht die Größe und das Gewicht ihrer Kollegen an der Küste, das Nahrungsangebot ist nicht so üppig wie dort und an den Flüssen mit den *salmon runs*, den Laichzügen der Lachse.

Die Nächte in diesen hohen Breiten sind im Sommer hell und kurz. Eine kleine Herde Karibus zog gemächlich einen Höhenrücken entlang, ihre Silhouetten zeichneten sich schemenhaft gegen den Abendhimmel ab. Am nächsten Morgen hatte der Berg wieder sein Gesicht verhüllt und ich fuhr in aller Ruhe zurück, immer wieder an geeigneten Stellen anhaltend. Auf dem Savage River Campground verbrachte ich meine letzte Nacht im Park.

Mein nächstes Ziel in Alaska war Homer am Ende der Kenai-Halbinsel, an der Kachemak Bay. Mit dem Schiff – und natürlich auch mit dem Flieger – kann man von dort zur Kodiak-Insel und weiter zu den Aleuten gelangen, entlang der Alaska-Kette mit ihren schneebedeckten Vulkanbergen und in einigem Abstand zum Susitna River, der bei Anchorage in den Cook Inlet und damit in den Pazifik mündet. Ich wollte es bis nach Homer schaffen, dem Endpunkt der Straße Nr. 1, dem Sterling Highway, der vom Seward Highway abzweigt. Es war Freitag, am folgenden Mittwoch würde mein Flieger in Whitehorse starten, und vorher musste ich noch den VW Camper bei Heinz in der Lodge zurückgeben. Ein ganz enger Zeitplan. Für Alaska sollte man sich mehr Zeit lassen.

Durch die Stadt Anchorage, die heute etwa die Einwohnerzahlen von Leverkusen hat, fuhr ich ohne größeren Aufenthalt. Anchorage war 1964 Schauplatz eines verheerenden Erdbebens mit über hundertdreißig Toten in der Region gewesen. 1976 waren die Schäden beseitigt, im Earthquake Park sind die Ereignisse von damals dokumentiert. Eine Konsequenz dieses Bebens war zum Beispiel die Begrenzung der Höhen für Neubauten. Auf dem Seward Highway ging es weiter bis nach Portage und dann zum Turnagain Pass.

Der Pass ist nicht hoch und auch nicht schwierig. Nach einem Halt streikte aber ohne Vorwarnung der Motor, es ging nicht mehr weiter. Kein Verkehr auf dieser Straße. Ich hatte genügend Lebensmittel und auch Getränke an Bord, konnte also an Ort und Stelle auch längere Zeit stehen bleiben. Abgesehen davon war ich ziemlich ratlos, das Handy-Zeitalter war noch nicht angebrochen. Nach vielleicht drei oder mehr Stunden tauchte ein Fahrzeug am Horizont auf, kam näher und fuhr vorbei, das war eigentlich unüblich. Durch das Rückfenster des kleinen Pritschenfahrzeugs konnte ich sehen, dass der Fahrer von seiner Begleiterin angestoßen und zum Anhalten veranlasst wurde.

Der Fahrer legte den Rückwärtsgang ein, fuhr zu mir zurück und fragte: »Was ist los?« Ich sagte ihm, dass mein Motor kaputt sei und ich Hilfe bräuchte. Ich hatte inzwischen auf der Suche nach der Pannenursache festgestellt, dass die Lichtmaschine des luftgekühlten VW-Motors ihren Geist aufgegeben hatte. Das bedeutete, dass ich nicht mehr weiterfahren konnte, ich hätte sonst auch noch den Motor ruiniert. Der Fahrer – er hieß Ron Weaver – bot mir an, mich bis nach Portage abzuschleppen, dort gäbe es eine Werkstatt. Es ging also zurück. Sinnigerweise am Turnagain Pass, das Wort bedeutet nämlich Umkehr.

Es bezieht sich auf Kapitän Cooks Suche nach der Nordwestpassage im Jahr 1778, auf der dritten und letzten seiner Entdeckungs- und Erkundungsreisen, als sein Segelschiff in die später nach ihm benannte Bucht des Pazifik, den Cook Inlet, einfuhr und er feststellte, dass es weder im Knik Arm der Bucht noch im jetzigen Turnagain Arm weiterging, er also mit seinem Schiff umkehren musste. (Übrigens bin ich auf mehreren Reisen Kapitän Cook quasi im Geist begegnet. In Neuseeland: Die Meeresstraße, die Nord- und Südinsel trennt, ist nach ihm benannt, die Cook Street. In Feuerland: Auch hier fuhr er mit seinem Segler, nach heutigen Begriffen war es eine Nussschale. In Australien: Im Great Barrier Reef lief sein Schiff auf Grund. In Hawaii: Auf der größten der Hawaii-Inseln, Big Island, verlor er sein Leben, er wurde von Eingeborenen getötet. An dieser Stelle steht heute ein Denkmal.)

Ron schleppte mich nach Portage zu einer Werkstatt ab. Der Chef kam selber, um nach dem Schaden zu sehen. Er trug einen Turban und war gekleidet wie ein indischer Gentleman. Das war es nicht, was mich misstrauisch werden ließ, sondern seine Diagnose: ein *break down* des Motors, da müsse ein neuer her, und das würde dauern. Ich wusste es besser, sprach mit Ron und bat ihn, mich zurück nach Anchorage zu schleppen. Der hatte inzwischen wohl selbst gemerkt, dass der Turbanträger keine Hilfe war, und sagte: »Okay. Es ist Freitagabend, die Werkstätten sind zu. Es geht erst Montag weiter, ich schleppe dich bis zu meinem Haus in Anchorage ab, dann sehen wir weiter.«

Und so kam es, dass ich mich in einem Einfamilienhaus-Viertel in Anchorage wiederfand. Die Rückfahrt im Schlepp nach Anchorage war sehr schwierig: gegen die tief stehende Sonne am Turnagain Arm des Cook Inlet entlang, ein Weg von fast 100 Kilometern, ich sah stellenweise nichts. Auf dem kleinen Hof von Weavers Haus konnte ich den Camper abstellen. Louis, Rons Frau, bot mir an, im Haus zu übernachten. Ich wollte das aber nicht annehmen und benutzte nur die Toilette des Hauses.

Am späteren Abend kam eine Deutsche, Frau Kircher, Krankenschwester im Hospital in Anchorage, zu Besuch. Die Weavers kannten sie und hatten sie gebeten, vorbeizukommen, um die etwas schwierige, holprige Unterhaltung mit dem deutschen Greenhorn einfacher zu gestalten. Es wurde richtig nett bei dieser amerikanischen Familie. Die Weavers hatten zwei kleine Mädchen, ein etwa sechsjähriges und ein Wickelkind von acht Monaten. Ron war *fireman* bei der Berufsfeuerwehr in Anchorage und hatte das Wochenende frei, er wollte mit mir am Samstag zu einem *hardware store* fahren, um eine Lichtmaschine für den Camper zu suchen. Er meinte, der *store* hätte aus ausgeschlachteten Fahrzeugen viele intakte Aggregate am Lager, es könnte ja eine passende Lichtmaschine dabei sein, ich bräuchte die dann nur einzubauen.

Am nächsten Morgen war ich früh wach und musste zur Toilette ins Haus, die Tür war nicht verschlossen. Im Flur kam mir die Sechsjährige entgegen und sagte: »Gunther, the Baby is wet.« Sie schleppte das Baby auch gleich ins Kinderzimmer, dort stand eine Wickelkommode. »Wo sind die Windeln?«, fragte ich. Sie sah mich fragend an und ich benutzte die Zeichensprache, wurde verstanden und dann kam sie mit einem Riesenpaket an: Pampers. Ich hatte nie davon gehört, wusste aber, wie kleine Kinder trocken gelegt werden. Es gelang, das Baby war zufrieden, die Kleine verschwand mit dem Baby wieder, von der Mutter nichts zu sehen.

Ich wollte mir gerade im Camper Kaffee machen, als Ron auftauchte und sagte, ich solle in die Stadt mitkommen. Ohne Frühstück? »Wir gehen zu McDonald's«, war seine Antwort. Offenbar war es durchaus üblich, statt zu Hause in einem *coffee shop* zu frühstücken. Es gab Schinken und Speck mit Eiern und gebutterten Toast und Kaffee satt. An ein amerikanisches Frühstück kann man sich gewöhnen.

Nach dem *breakfast* bei McDonald's nahm Ron mich mit zu seiner Dienststelle, zur Hauptfeuerwache in Anchorage, und stellte mich seinen Kameraden vor. Etwa so: Guckt mal, wen ich da aufgegabelt habe! Er zeigte mir die technischen Geräte und Fahrzeuge dieser gut sortierten Berufsfeuerwehr, es gab gerade einen Alarm, blitzschnell war ein Einsatzfahrzeug bemannt und fuhr heulend los. Ich musste noch Uniformen, Stiefel und Helme genauer ansehen, an der Stange herunterrutschen. Dann ging es weiter zu dem besagten *hardware store*.

Ich hatte mir – glaubte ich – das defekte Gerät genau angeschaut, Typenschild und die Art der Befestigung im Motorraum. Und tatsächlich, es war eine passende Lichtmaschine dabei. Was war ich froh! Es lagen noch zwei weitere im Regal, flüchtig nahm ich das wahr. 90 Dollar kostete das Gerät und Ron fuhr mit mir zurück, damit ich mit dem Aus- und Einbau beginnen konnte. Er hatte zum Glück passende Schlüssel und Schraubendreher für die Befestigungsschrauben.

Ohne Grube oder Hebeanlage sind Arbeiten am Motor eines VW Campers der frühen Jahre eine echte Plackerei. Allein die Leitbleche der Luftführung abzuschrauben, war durch die enge Motorklappe eine Herausforderung. Aber es gelang. Als ich jedoch den Keilriemen auflegen wollte, um die Riemenscheibe der Lichtmaschine mit der des Motors zu verbinden: Überraschung, die fluchteten nicht. Die neue Lichtmaschine war die falsche. Das sagte ich Ron. Kopfschüttelnd, wahrscheinlich über mich, fuhr er mit mir ein weiteres Mal zu dem *store*. Diesmal hatte ich genau Maß genommen, und es war sogar die passende im Regal: eine der beiden, die ich zuvor dort hatte liegen sehen.

Beim Einbau der neuen eine weitere Schikane: Die Passfeder auf der Welle der neuen Lichtmaschine war gehärtet und vielleicht 0,2 Millimeter zu stark, also ließ sich das Keilriemenrad nicht auf die Welle schieben. Mit Feilen war nichts zu erreichen. Nach mühseligem Abschleifen der harten Passfeder konnte ich die Keilriemenscheibe aufziehen, die Flucht stimmte, der Motor sprang an, und ich war gerettet, atmete auf und packte zusammen. Von den Weavers habe ich mich am nächsten Morgen verabschiedet mit dem Versprechen, wiederzukommen. Ich bin ihnen zu großem Dank verpflichtet. An Weihnachten ging eine Schwarzwälder Kuckucksuhr auf die Reise zu ihnen. Und ich bin wiedergekommen, aber das ist eine andere Geschichte.

Für den Weg zurück zur Dezadeash Lodge hatte ich zwei Tage Zeit. Das waren 900 Kilometer. Von Anchorage zunächst nach Palmer, einem kleinen Städtchen an der Weggabelung des George Parks Highway und des Glenn Highway, den ich fahren musste. Diese Straße führt durch das

Matanuska-Tal – dort wird, für viele überraschend, Landwirtschaft betrieben. Es ist Farmland am Rande der Wildnis des Hochgebirges der Chugach-, Wrangell- und St.-Elias-Kette. Gemüseanbau mit rekordverdächtigen Erträgen. Der größte Kohlkopf wird bei einem jährlichen Erntefest prämiert. Diese Ergebnisse sind den langen Sonnenscheintagen im kurzen Sommer zu verdanken. Es gibt eine Milchwirtschaft, die Alaska mit frischer Milch, rund 10 Prozent des Bedarfs, versorgt. Verkauf in kleinen Plastikkanistern, eine oder eine halbe Galone. Mir ist die Milch öfter sauer geworden, weil ich nicht so viel davon verbrauchen konnte.

Der Matanuska River entspringt am gleichnamigen riesigen Gletscher, der zur Zeit meiner Reisen noch eine Länge von 40 Kilometern hatte. Palmer liegt auf 61,6 Grad nördlicher Breite. Der Glenn Highway führt durch eine herrliche Natur am Cooper River, als Hintergrund die Berge der Chugach-, Wrangell- und St.-Elias-Kette, schneebedeckt: der Mount Logan, schon in Kanada, mit seinen nahezu 6.000 Metern der höchste, der Mount Baker, ein Vulkanberg, der Mount Wrangell, ebenfalls ein Vulkan, 4.317 Meter hoch, und der Mount Zanetti, mit 3.959 Metern auch beeindruckend. Glennallen, Gakona und dann Tok am Alaska Highway, die Stationen des Glenn Highway.

Ich kam noch bis nach Beaver Creek an der Grenze zum Yukon Territory. Auf dem Campground dort die letzte Übernachtung im VW Camper, wieder auf kanadischem Gebiet. Dann am nächsten Tag am Kluane Lake entlang nach Haines Junction und zur Dezadeash Lodge. Ein aufregender Abstecher nach Alaska war zu Ende. Ohne das großzügige Angebot von Heinz wäre eine so ereignisreiche Tour nicht möglich gewesen. Sie war die Initialzündung für weitere Reisen nach Alaska. Die Feststellung von Heinz, dass es am Yukon »doch viel schöner« sei, konnte ich so nicht bestätigen. Beide sind unglaublich beeindruckend!

Ein Tag blieb mir noch auf der Dezadeash Lodge. Ich reinigte ›meinen‹ VW Camper, informierte Heinz über den Motorschaden und die von mir durchgeführte Reparatur und nahm im Kanu Abschied vom See – mit dem Versprechen: »Ich komme wieder!«

Hermann, der für kurze Zeit wieder aufgetaucht war, bot mir an, mich zum Flieger in Whitehorse zu bringen. Das war sehr großzügig von ihm, denn es sind rund 200 Kilometer bis dorthin. Heinz brauchte nicht bemüht zu werden. Und so ging nach einem kleinen Abschied in der winzigen Bar der Lodge diese Reise ins Yukon Territory und nach Alaska zu Ende. Einen Tag noch in Vancouver, dann auf einem Nachtflug über Amsterdam nach Frankfurt und damit nach Hause.

Mit Heinz und Käthe blieb ich brieflich und telefonisch in Kontakt. Aus einem Weihnachtsbrief 1977 von Heinz hier ein paar Sätze: »Wir hatten im letzten Sommer viel zu tun. Fischen und Jagen waren gut. Ich habe zwei Elche geschossen und einen Grizzly. Der hatte direkt vor der *cabin* mein *canoe* zerfetzt. Wir haben klares und kaltes Wetter, 40–50 Grad C minus. Nicht weit von meiner *cabin* haben die Wölfe einen Elch gerissen. Nur ab und zu sieht man einen Wolf oder einen Elch. Viele Grüße soll ich von Art und Doris ausrichten und auch von allen im Haus.«

Heinz hatte ganz offensichtlich gemerkt: Da ist einer, der ist vom Yukon-Fieber befallen. Wie so viele, gerade aus Deutschland.

Autopanne
(ein Foto, das im Wasser lag)

Günther am Lenkrad

Hier geht's lang

Andere Schwalben –
andere Nester

Dezadeash Lodge

Dezadeash Lake
(Wasser der starken Winde)

Blick auf die Lodge

Cabins der Lodge

Das gekenterte Kanu

Am Steg

Die Lodge
und der Berg

Sommerdorf
am Klukshu

Boote unterwegs

Am Bates Lake

Vor dem Fischen

Cabin am Bates Lake

Am Mush Lake

Im Kluane Park

Cage

Lachsfanganlage

Sommerdorf

Lachsfang

Wer fängt den Fisch?

Lachsfang

Lachsfang

Am Klukshu

Stolze Angler
(von links nach rechts: Günther, Heinz, Art)

Ein Saibling

Ein Lachs

Lachse

Ein Königslachs

Warnung vor Bären

Allein in der Wildnis

Versuch eines
Selbstbildnisses

Stolze Saiblinge

Spiegelung im Seitenfenster der Cabin

Schwarzbär
an der Dump

Am Kluane Lake

On tour

Welcome to Alaska

Susitna River

Mount McKinley Park

Denali-Nationalpark

Sommerzeit
und wenig Wasser

Schneeschafe am Hang

Schwindelfrei

Denali-Nationalpark

Alaska Range

Alaska Range

Alaska Range

Denali-Nationalpark

Die Weide
der Dall Sheeps

Flugkünstler

Caribou

Caribou
im Denali-Park

Broken Engine

Turnagain Pass

Auf dem Glenn Highway: Es geht zurück zur Lodge

II.

Mit der Familie gab es eine Vereinbarung: zwei Jahresurlaube mit ihr zusammen, einer solo für mich. 1979 war es dann wieder so weit: Yukon und Alaska. Gleichzeitig aber auch die Chance, andere spannende Gegenden kennenzulernen, die von einem zentralen Ort in Kanada oder den USA, wie Vancouver oder San Francisco, leichter, schneller und auch billiger erreichbar waren. Und so kam dann die folgende Reise zustande:

Flug nach Vancouver mit zwei Tagen Aufenthalt zum Kennenlernen, dann mit dem Flieger zur 108 Mile Ranch ins Cariboo in British Columbia, zwischen Williams Lake und Quesnel gelegen. Nach einer Woche via Vancouver nach Seattle-Tacoma, von dort nach Anchorage/Alaska. Übernahme eines Kombi-Mietwagens, Rückgabe nach einer Woche in Anchorage, Flug nach Fairbanks und am nächsten Tag weiter nach Whitehorse. Dort Übernahme eines Mietwagens, eine Woche Aufenthalt auf der Dezadeash Lodge. Rückgabe des Mietwagens am Airport in Whitehorse und Flug nach Vancouver. Übernachtung in Vancouver und am nächsten Tag gegen Abend Flug nach Honolulu, Ankunft dort um Mitternacht, Transfer zum Hotel in Waikiki und anschließend acht Tage auf der Insel Oahu. Rückflug nach Vancouver, dann vier Tage mit einem Mietwagen durch den südlichen Teil von Vancouver Island, schließlich nach beinahe sechs Wochen Rückflug über Amsterdam nach Frankfurt.

Eine aus heutiger Sicht völlig verrückte Reise. Aber sie wirkt bis heute nach. Und anders hätte ich vieles von der Welt nicht sehen und erleben können.

Als 1976 am Turnagain Pass die Tour nach Homer auf der Kenai-Halbinsel wegen der Motorpanne meines VW Campers zu Ende war und ich umkehren musste, war mir klar: Ich komme wieder. Jetzt war es soweit. Nach einer Woche im 108 Mile House war ich wieder in Vancouver. Ein Direktflug von Vancouver nach Anchorage war nicht möglich, es gab keine Verbindung. Deshalb musste ich zunächst zum Airport Seattle-Tacoma, um von dort mit einer Zwischenlandung in Juneau mit einer US-Airline nach Anchorage zu kommen.

Am Airport in Anchorage holte ich mein vorbestelltes Auto ab und kaufte den nötigen Reiseproviant im Supermarkt. Dort wurden die Lebensmittel in Packungen angeboten, mit denen man auch einen langen Winter hätte überstehen können. Zum Beispiel Milch in Kanistern von einer Gallone – das sind fast vier Liter. Für die Zubereitung von Mahlzeiten auf den Feuerstellen der *campgrounds* kaufte ich eine gusseiserne kleine Pfanne, wie sie sicher auch von den Goldsuchern verwendet wurde. Ich habe das gute Stück trotz seines Gewichts mit nach Hause genommen und benutze es noch heute.

Anchorage war seit meinem letzten Besuch drei Jahre zuvor gewachsen. Bevor ich Richtung Kenai Peninsula startete, fuhr ich zu den Kirchers. Von ihnen wusste ich durch einen Brief, 1977 geschrieben, dass die Weavers geschieden waren. Von ihnen hatte ich keine Adressen und konnte keinen Besuch mehr machen. Louise soll mit den Kindern in ihre Heimat, nach Idaho, zurückgekehrt sein, sie konnte die langen Winter wohl nicht ertragen, das hatte ich im Gespräch damals schon herausgehört. Über Ron wussten die Kirchers nichts, und ich habe nicht versucht, ihn bei der Feuerwehr in Anchorage zu erreichen. So begann ich meine achttägige Reise in diesen Teil Alaskas.

Auf dem Sterling Highway ging es zum Hafenstädtchen Homer an der Kachemak Bay, mit dem Chugach Mountain und den hohen, verschneiten Vulkanen der Alaska-Kette – wie dem Mount Redoubt oder dem Iliamna auf der anderen Seite des Cook Inlet – als Hintergrund. Ein fantastischer Anblick! Von Homer zieht sich eine nahezu 8 Kilometer lange schmale Landzunge in die Kachemak Bay, eine Meeresbucht. In einem Straßenrestaurant dort habe ich *king crabs* gegessen, Königskrabben, die von Arm zu Arm einen Meter erreichen können. Das ausgelöste Krebsfleisch schmeckt köstlich. Ich sah großen Robben zu, die im Wasser der Bucht spielten. Wale habe ich damals keine entdeckt, es ging ein kräftiger Wind mit hohem Wellengang.

In Homer ist Alaska zunächst zu Ende, ›Land's End‹ steht auf einem Verkehrsschild am Ende der Straße. Mit dem Schiff könnte man weiter zur Kodiak-Insel oder zu den Aleuten kommen. Übernachtet habe ich in einem kleinen Motel, das wegen einer kaputten Anlage nur kaltes Wasser zum Waschen und Duschen hatte. Das war ärgerlich, aber nicht tragisch. Am nächsten Tag ging es zu den kleinen Orten Kenai und Soldotna. Dabei holte ich mir einen Plattfuß an einem der Hinterreifen. Ich montierte den Reservereifen und musste in eine Werkstatt, denn ohne einen intakten Reservereifen zu fahren, wäre sehr leichtsinnig gewesen.

Bei Kenai mündet der Kenai River in den Cook Inlet und damit in den Pazifik. Der Kenai River ist berühmt wegen seiner stattlichen Königslachse, Scharen von Anglern lauern ihnen auf. Ich versuchte es mit Buckellachsen, einer der fünf pazifischen Lachsarten. Sie sind erheblich kleiner als die *kings* und verdanken ihren Namen *humpback* (auch *humpy*) ihrem Buckel. In starken Strömungen sollen sie besser vorwärtskommen, weil der Buckel sie am Grund der Gewässer hält. Ich fing keinen einzigen. Während ihres Laichaufstiegs nehmen Lachse keine Nahrung mehr auf, sie holen ihre Energie aus ihrem Fettspeicher. An den Angelhaken gehen sie nur, um vermeintliche Räuber ihres Laichs abzuwehren und zu vertreiben.

Auf einer kleinen Anhöhe über dem Ort Kenai kann man das Schauspiel der Belugawale erleben. Diese weißen Kleinwale schwimmen in Gruppen flussaufwärts, auf der Jagd nach Lachsen, von denen sie sich zeitweilig ernähren. Unmittelbar vor der Flussmündung schien das Meer manchmal vor springenden Lachsen zu kochen, die den weißen Walen zu entkommen suchten.

Der Ort Soldotna ist eine russische Gründung. Russen waren im 18. Jahrhundert die ersten Weißen an dieser Küste und nahmen Alaska für

Russland in Besitz. Zar Alexander II. hat 1867 Alaska für 7,2 Millionen Dollar an die USA verkauft. Ein Schnäppchen für die Vereinigten Staaten. Und dennoch im Kongress damals heftig umstritten: so viel Geld für das angeblich wertlose Land! Die Russen waren durch den Krieg mit der Türkei fast pleite und brauchten dringend Geld. Und die USA machten den größten Deal ihrer Geschichte. Von dem russischen Intermezzo zeugen noch heute orthodoxe Holzkirchen mit den typischen Doppelkreuzen – und auch viele Namen.

Ich hatte einen Kombi mit umklappbaren Sitzen gemietet, um im Auto auch schlafen zu können. Es gibt hervorragende *campgrounds* und *recreation centers* auf der Halbinsel, so den Nikiski Captain Cook. Viel Platz, damals kaum Besucher, wenige Meter vom Strand des Cook Inlet gelegen, der Gezeitenhub 8 bis 9 Meter. Eine üppige Vegetation, doch ist gutes Wetter hier nicht selbstverständlich.

Die Feuerstelle war ein Stahlblechring, etwa 40 Zentimeter hoch und mit einem Durchmesser von etwa 60 Zentimetern, über den ein runder Rost gelegt war. Gebrauchsfertiges Feuerholz lag bereit. Dazu ein massiver Holztisch mit zwei angeschraubten Bänken – das ist die übliche Ausstattung aller amerikanischen und auch kanadischen Campingplätze. Die Glut erhitzte Topf und Pfanne und wärmte gleichzeitig. Es war nachts empfindlich kühl.

Den folgenden Tag verbrachte ich mit Erkundungen des Küstenstreifens. Russische Pelztierjäger und Seefahrer haben diesen Teil Alaskas für Russland in Besitz genommen. Sie kamen bis an die kalifornische Küste. Schon um 1745 erkundeten russische Pelztierjäger die Inseln der Aleuten, unterjochten die Eingeborenen und jagten mit ihnen den Seeotter wegen seines wertvollen Pelzes. Aber nicht nur die Russen waren daran beteiligt, dass die Otter an den Rand der Ausrottung gerieten. Nur durch energische Schutzmaßnahmen und ein absolutes Jagdverbot gelang es, diese Tiere vor dem Aussterben zu bewahren.

Am nächsten Tag startete ich auf dem Seward Highway zum Städtchen Seward am gleichnamigen Inlet. Wieder eine grandiose Landschaft. Die *campgrounds* waren leer, in einem war ich jedenfalls der einzige Besucher in dieser Nacht, deshalb habe ich wegen möglicher Bärenbesuche in meinem Kombi geschlafen. Schlafen konnte man das aber eigentlich nicht nennen. Das Feuer hielt ich mit kleiner Glut am Brennen. Reste, überhaupt Lebensmittel, darf man nicht draußen lassen, Bären haben eine sehr feine Nase und wittern sie bei günstigem Wind aus kilometerweiter Entfernung. Die Übernachtungsgebühr, drei Dollar, war in einen briefkastenähnlichen Kasten am Eingang zu legen.

Unvergessen sind mir im Chugach National Forrest die Rufe der *loons*, der arktischen Eistaucher: wunderschöne Tauchvögel mit einem schachbrettartigen, schwarzweißen Rückengefieder, größer als unsere Haubentaucher. Ihre Rufe sind schaurig schön und sehr variabel, sie klingen schon mal wie das Geschrei kleiner Kinder. Die schweren Vögel brauchen einen langen Anlauf, um von der Wasseroberfläche in die Luft zu kommen. Ein lustiger Geselle in der Wildnis ist der Whisky Jack, der Grey-Jay-Häher, er kennt keine Zurückhaltung, wenn es etwas zu picken gibt. Einer der wilden Vögel flog mir tatsächlich auf die Hand!

Am vorletzten Tag auf der Halbinsel habe ich Portage und Girdwood besucht. Portage liegt am Turnagain-Arm und hat wie viele Orte in dieser Erdbebengegend eine Katastrophe hinter sich. An einem Karfreitag 1964 ist die Ansiedlung sozusagen im Boden versunken. Mehr als drei Meter ist das Erdreich abgesackt, kleine Häuser ragten nur noch mit den Giebeln aus dem Boden. Noch heute sind die nackten Baumstämme des im Salzwasser abgestorbenen Walds zu sehen, gespenstisch geben sie Kunde von diesem Naturereignis. Die meisten Opfer dieses mit einer Magnitude von 9,2 zweitstärksten Erdbebens, das weltweit bisher registriert wurde, starben durch den sich anschließenden Tsunami mit einer unvorstellbar hohen Flutwelle von etwa 70 Metern, die auch den Cook Inlet durchraste und Häuser und Menschen wegspülte.

Leichte Beben kommen in dieser Gegend häufiger vor, eines habe ich miterlebt: Es war, als würde die Natur plötzlich den Atem anhalten, Tierlaute verstummten und ein merkwürdiges Gefühl kam auf, das ich nicht deuten konnte, es war sehr unheimlich. Tiere nehmen die Gefahr instinktmäßig früher wahr als Menschen.

Der Portage Glacier mündet in den Portage Lake, im See schwimmende Eisberge sind ein beliebtes Fotomotiv. In Girdwood, einem Wintersportort, sah es ein bisschen aus wie in einem oberbayerischen Ferienort mit Edelweißmotiven. Dort hielt ich mich nicht lange auf. Den Abend und die letzte Nacht verbrachte ich auf einem *campground* am Eagle River, rund 20 Kilometer von Anchorage entfernt. Es war saukalt, und ich habe in dieser Nacht kaum geschlafen.

Am nächsten Vormittag gab ich den Mietwagen am Airport von Anchorage zurück und machte mich auf den Weg zur Dezadeash Lodge. Das war damals reichlich umständlich, weil es keine Direktflüge nach Kanada gab, vielmehr musste ich zunächst mit der Wien Air Alaska nach Fairbanks fliegen. Auf diesem – sehr unruhigen – Flug war der Denali in seiner vollen Pracht zu sehen, wieder ein Glücksfall, denn meist verhüllt er sein Haupt mit mächtigen Wolkenschleiern. Das Flugzeug wurde ordentlich durchgeschüttelt – ich hatte mir gerade von der Stewardess eine Tasse Kaffee bringen lassen, als die Maschine in ein Luftloch sackte und der Kaffee sich Richtung Flugzeugdecke bewegte. Wir landeten aber sicher in Fairbanks.

Erst am nächsten Morgen gab es einen Weiterflug mit der regionalen Linie North Air. Das bedeutete, dass ich in einem Hotel in Fairbanks übernachten musste, mit Taxi hin und zurück zum Flughafen. Dieses Spiel kannte ich schon: billige Flüge, aber keine Anschlussverbindung. Das steigert den Umsatz des Gastgewerbes. Mit der betagten Propellermaschine der North Air ging es weiter, der Innenraum des Flugzeugs war teilweise mit Sitzen aus Segeltuch ausgestattet, und die letzten Passagiere waren offenbar Tiere gewesen, es roch penetrant nach Schaf. Von einem funktionierenden Druckausgleich habe ich auch nichts bemerkt, beim Landeanflug auf den Airport in Whitehorse bekam ich extreme Ohrenschmerzen. Egal, ich war wieder im Yukon-Territorium und mit einem vorbestellten Mietwagen am Nachmittag auf der Lodge, wie vereinbart. Diesmal hatte ich einen fahrbaren Untersatz und konnte mich somit selbstständig zu meinen Zielen bewegen.

Die Lodge hatte auch diesmal spannende Gäste. Zum Beispiel Gordon, der aussah, wie wir uns einen englischen Gentleman vorstellen. Auch in der lockeren Atmosphäre des Yukon korrekt gekleidet, kein überflüssiges Gramm Fett, ein fein gestutzter, schon weißer Oberlippenbart zierte sein hageres Gesicht. Gordon war ehemaliger Pilot und mit seinem Wasserflugzeug aus den Staaten gekommen, aus Arizona. Sein Flieger war am Seeufer vertäut. Heinz stellte mich ihm vor. Bei meinem Besuch der Lodge drei Jahre später war sein Flugzeug nicht zu sehen: Gordon war beim Anflug über dem See abgestürzt. Er überlebte den Absturz, dessen Ursache ich nicht in Erfahrung bringen konnte.

Ein weiterer Gast hatte zwei Pferde von Heinz gemietet, eines war als Packpferd vorgesehen. Er wollte eine Woche lang in die Wildnis des Kluane und sich dabei auch selbst versorgen. Das Packpferd trug die Ausrüstung und einen Sack mit Zwiebeln, die seien unentbehrlich, um gesund zu bleiben, sagte er.

Heinz hatte nach meiner Erinnerung fünf Pferde, die aber nicht in einem Stall standen, sondern frei herumliefen. Er musste sie jeweils erst suchen und einfangen. Im Winter war das sicher anders. Öfter habe ich Pferde an den begrünten Seitenstreifen der Straßen gesehen. Es gab Schilder mit Warnhinweisen, da offenbar Unfallgefahr bestand.

In dieser einen Woche auf der Lodge habe ich, da selbst motorisiert, vieles gesehen. Die Haines Road bin ich bis zur US-Grenze gefahren, durch eine wilde, herrliche Landschaft mit Blick auf das Hochgebirge der St. Elias Mountains. In der Nähe des ›Eine Million Dollar‹-Wasserfalls gibt es einen Campingplatz. Am Tatshenshini und der Klukshu-Mündung habe ich auf Dolly Vardens, *graylings* und Steelhead-Forellen geangelt. Letztere ist eine Varietät der Regenbogenforelle, eine Meeresforelle, die im Süßwasser laicht. Ich bin zum Kathleen Lake und Kathleen River gefahren und habe mit Erfolg im Fluss große *graylings* gefangen. Eine am Ufer abgelegte Äsche hat mir eine der großen Möwen im Sturzflug geklaut und im Flug verschlungen, das glaubt mir nur jemand, der so etwas selbst schon gesehen hat.

Im Kathleen Lake gibt es eine Besonderheit, einen Binnenlachs, den *kokanee salmon*, eine *sockeye*-Variante. Um 1700 soll der Alsek River, der in den Pazifik mündet, durch einen Bergsturz gestaut worden sein, sodass die im Kathleen Lake geborenen Jungfische nicht mehr ins Meer abwandern konnten und sich zu Binnenlachsen entwickelt haben – die aber immer noch Laichwanderungen vom unteren in den oberen Teil des Sees unternehmen und sich auch vermehren.

Die am Klukshu gelegene Lachsfanganlage der First Nations war offen, einige Silberlachse kamen noch das kleine Flüsschen auf dem Weg zu ihren Laichplätzen herauf. In der Nähe des Dorfs der Aishihik First Nations gab es eine Abfallgrube, eine *dump*, etwas abseits der Straße angelegt. Dort wurden auch vergammelte Lebensmittel entsorgt, und sie wurde deshalb oft von Schwarzbären geplündert. Da half auch die Bedeckung mit Erde nicht viel. So konnte ich Schwarzbären, englisch *baribals*, beobachten. Schwarzbären sind durchaus nicht immer schwarz. Im westlichen Kanada sind sie schon mal braun bis rotbraun. Solche ›Zimtbären‹ genannten Exemplare habe ich auch gesehen. Die Farbvariation geht bis zu weißgelblichen Farbschlägen, den ›Geisterbären‹ in Schnee und Gletscherlagen. Das sind keine Albinos. Für die Menschen der First Nations sind das fast heilige Tiere.

Die Ranger haben versucht, die Bären von der Grube zu vertreiben, vor allem wegen der Nähe zur Straße. Es gab und gibt nach wie vor Touristen, die Bären für Kuscheltiere halten. An der *dump* wurden Bären auch abgeschossen. Ich erinnere mich an einen Gast der Lodge, der sich lauthals darüber aufregte. Ich fand das auch nicht in Ordnung, man hätte den Abfall ja anders entsorgen können.

Heinz und Käthe hatten mich gebeten, am sogenannten Familientisch im Gastraum der Lodge Platz zu nehmen. Das habe ich gerne angenommen. Der Familientisch war rund und groß und an einen runden Tisch geht bekanntlich immer noch einer. Es gab deftiges amerikanisches und kanadisches Frühstück. Und immer Kaffee satt. Besonders geschmeckt haben mir Pfannkuchen mit Ahornsirup. Es war für mich die Gelegenheit, auch Fragen zu stellen, etwa nach dem Alltag auf der Lodge, wenn keine Touristen da sind. Nach dem Leben in den strengen Wintern, wenn das Thermometer auf unter minus 50 °C fällt und man nicht mehr nach draußen gehen kann. So habe ich viel Authentisches über den Yukon von Menschen erfahren können, die ständig dort leben, deren Heimat der Yukon geworden ist.

Heinz und Käthe, beide deutschstämmig, luden mich auch zu einem Abendessen in ihr Privathaus ein, es gab Elchbraten: ein riesengroßes Stück eines Hinterschinkens, das über den Tellerrand ragte, absolut mager, von erlesenem Geschmack. Elche durfte Heinz für den Eigenbedarf erlegen, ähnlich wie die Natives.

Ein großes Problem für den Jäger ist der Transport der erlegten Tiere aus einem weg- und steglosen Gelände. Die einschlägigen Vorschriften der Jagdbehörde sehen vor, dass das tote Tier vollständig mitgenommen werden muss. Damit will man der Trophäenjagd einen Riegel vorschieben. Denn einen kapitalen Elch komplett aus dem Busch zu holen, erfordert einen großen und nicht billigen Aufwand. Heinz löste das Transportproblem, indem er zum Beispiel einer jungen Elchkuh am Ufer des Sees auflauerte und dann das erlegte Tier im Wasser mit dem Boot an den Steg zog.

Die Winter im Yukon-Territorium sind hart, lang und dunkel. Geparkte Autos werden im Freien an elektrische Motorenwärmer angeschlossen, um Motorschäden vorzubeugen. An den Parkbuchten sind Kabel mit Stecker angebracht, die Fahrzeuge haben entsprechende Steckdosen. Aber Heinz sagte mir auch, dass er lieber im Winter auf hart gefrorenem Schnee fuhr als im Sommer durch riesige Staubwolken vorausfahrender Fahrzeuge auf den *gravel roads*. Inzwischen sind viele Straßen asphaltiert.

Am Dezadeash Lake wimmelte es von kleinen Schwalben mit braunem Brustgefieder. Ihre unter Brücken oder Dachvorsprüngen angeklebten Nester haben lange röhrenförmige Eingänge, anders als bei unseren Rauch- und Mehlschwalben. Die Mückenplage am See war übrigens nicht so schlimm wie befürchtet.

Wenn man Bären schießt, muss man glaubhaft versichern können, aus Notwehr gehandelt zu haben. An einem Abend gab es auf dem Gelände der

Lodge Bärenalarm, ein Grizzly war gesehen worden. Alle waren aufgeregt. Heinz sagte, ich solle in seinem kleinen Truck mitkommen. Die drei Hunde der Lodge, größer und kräftiger als deutsche Schäferhunde, sprangen auf die Ladefläche. Wir fuhren kreuz und quer über das Gelände, konnten aber keinen Bären entdecken. Der hatte, als er das Gebell der Hunde hörte, sicher schon das Weite gesucht. Den großen Bärentöter hatte Heinz mit ins Fahrerhaus genommen, und er hätte den Grizzly sicher auch erschossen, wenn wir ihn erwischt hätten. Auf dem Gelände der Lodge konnte man keine Bärenbesuche dulden.

Von Unfällen mit Bären auf der Lodge hörte ich nichts, bis auf einen Vorfall: Eine Studentin aus Vancouver, die in ihren Semesterferien auf der Lodge arbeitete, sei bei einem Spaziergang von einem Schwarzbären angegriffen und schwer verletzt worden, habe aber überlebt. Mit einem Hubschrauber sei sie in eine Klinik gebracht worden und bis zu ihrer Genesung seien vier Monate vergangen.

Die acht Tage auf der Lodge waren durch und durch ausgefüllt und gingen viel zu schnell vorbei. Ich würde wiederkommen, das stand auch diesmal fest, und so habe ich mich auch verabschiedet. Am nächsten Morgen ging es früh los nach Whitehorse zum Flugplatz mit Zielort Vancouver. Was so routinemäßig begann, wurde richtig dramatisch, als die Boeing 737 der Canadian Pacific Air plötzlich, ohne irgendeine Information aus dem Cockpit, fast im Sturzflug auf einem nicht vorgesehenen Flugfeld landete, in Fort St. John. Alle Passagiere mussten schnellstens die Maschine verlassen.

Bombenalarm. Dem Cockpit war die Bombendrohung von der Leitstelle mitgeteilt worden. Man schrieb das Jahr 1979! Das Gepäck wurde ausgeräumt und in langer Reihe auf die Rollbahn gestellt, jeder Passagier hatte seine Sachen selbst herauszusuchen. Dann erst wurde es wieder eingeladen, und wir kamen schließlich nach drei weiteren, diesmal planmäßigen Stopps in Vancouver an.

Wenn ich hier das Flugfeld Fort St. John erwähne, dann auch deshalb, weil es neben anderen im Zweiten Weltkrieg 1939–1945 eine Rolle spielte.

Die USA haben durch einen Pacht- und Leihvertrag mit der UDSSR unter anderem Waffen in riesigen Mengen an Russland geliefert. Zum Beispiel Flugzeuge. Und von denen wurden über 8.000 Stück – Bomber, Jäger, Transporter – auf der sogenannten Alsib-Route nach Russland überführt. Von Great Falls in Montana nach Krasnojarsk in Russland, eine riesige Strecke über die Behringstraße. Das konnte damals nicht ohne Zwischenstopps gemacht werden, deshalb wurden auf dieser Strecke viele Flugfelder angelegt, um die Maschinen in Fairbanks russischen Piloten übergeben zu können.

Bei meinen vier Reisen ins Yukon-Territorium lernte ich viele dieser Plätze kennen, denn die regionalen Airlines fliegen sie trotz mancher Umwege an, um möglichst viele Passagiere aufzunehmen. Zum Beispiel Grande Prairie, Fort St. John, Fort Nelson, Watson Lake, Whitehorse, Delta Junction Alaska, Fairbanks Alaska.

Am Kenai River

Kenai-Panorama

Wer fängt den größten Fisch?

Lachsfangflotte unterwegs

Alle warten auf den King …

Am Kenai Lake

Captain Cook
Recreation Area

Das Abendessen
wird gar

Unbequem –
aber sicherer

Opfer der
gravel road

Auf dem Weg
nach Soldotna

Andenken an das russische Intermezzo

Russisch-orthodoxe Kirche

Umsteigen bitte …

… da End of road

Kachemak Bay

Kachemak Bay

Brandung in der Kachemak Bay

Portage Glacier

Eis auf dem Portage Lake

Eis auf dem Portage Lake

Eis auf dem
Portage Lake

Auf der
Kenai-Halbinsel

Girdwood: ein
Edelweiß in Alaska

Chugach National Forest: hier gibt es auch Biber

Der versunkene Wald bei Portage

Earthquake Park / Anchorage

Der versunkene Wald bei Portage

Im Matanuska-Tal

III.

1982 plante mein Sohn eine USA-Reise und einen Abstecher in den Yellowstone-Nationalpark, den wir 1972 schon einmal besucht hatten. Ich wollte mich dieser Reise streckenweise anschließen, und wir vereinbarten einen Treff in Salt Lake City, Utah. Eine Woche wollte ich mich mit ihm und der Schwiegertochter in dem Nationalpark aufhalten und dann zusammen mit beiden in ihrem Camper durch Idaho, Oregon und Kalifornien nach San Francisco fahren. Vorher aber auch mein Versprechen einlösen, nämlich nach Alaska wiederzukommen, vor allem aber zu der Lodge im Yukon-Territorium. Damit begann die dritte Reise dorthin, und auch diese bot unerwartete Erlebnisse und Höhepunkte.

Diesmal flog ich mit British Airways von Frankfurt über London nach Anchorage, für damalige Verhältnisse recht günstig. In Anchorage hatte ich einen Leihwagen bestellt, den ich in Whitehorse in Kanada zurückgeben konnte. Das war insoweit von Bedeutung, als die Rückgabe des Fahrzeugs in einem anderen Land als den USA stattfand. Und das machte vieles einfacher.

Auf dem Flug über Grönland hatten wir herrliche Sicht auf Schnee und Eis. Bei meinen Buchungen habe ich immer auf einen Fensterplatz geachtet. Später überflogen wir die Yukon Flats, eine Verästelung dieses Stroms in unzählige Arme und Sümpfe auf einer Breite von bis zu 50 Kilometern. Dann der Höhepunkt: Im Landeanflug auf Anchorage flogen wir in Höhe des Berges, des einmaligen Denali, und wieder war er völlig frei von Wolken – ein Glücksfall, die ganze Alaska Range in Eis und Schnee im blendenden Sonnenschein zu sehen.

Als ich den Mietwagen hatte, besorgte ich Lebensmittel und Getränke. Eine kleine Campingausrüstung hatte ich dabei, auch eine Miniangel. Frühstück, Mittag- und Abendessen konnte ich mir selbst an den Kochstellen der *campgrounds* zubereiten. Übernachten wollte ich in Motels oder kleinen Hotels und erlebte dabei auch unliebsame Überraschungen. Ich hatte mir wenig vorgenommen – eine Woche Alaska und in jedem Fall wieder in den Denali-Park.

Auch diesmal spürte ich eine leichte Erschütterung der Erde. Weil dieser Bereich Alaskas Teil des Pazifischen Feuerrings ist, kommen Erdbeben hier immer wieder vor, auch Vulkanausbrüche. In letzter Zeit war das der Fall bei Mount Redoubt, Mount Pavlof und Mount Augustine. Wenig bekannt ist, dass bei einem Verkehrsflugzeug, das in die Aschewolke eines dieser Ausbrüche geriet, die Triebwerke stehen blieben. Der Pilot konnte nur mit einem Sturzflugmanöver eines der Triebwerke wieder starten und so eine Katastrophe verhindern. Man musste eine Menge Vulkanasche aus den Triebwerken entfernen. Seitdem fliegt keiner mehr durch die Aschewolke eines Vulkans.

In Anchorage gibt es einen Wasserflughafen, den größten der Welt, dieser ist absolut sehenswert. Auf der Lake Hood Seaplane Base lässt sich ein ständiges Kommen und Gehen, Wassern und Starten beobachten. Die Bedeutung der Anchorage Air Base ist dagegen rückläufig, seit mit Beendigung des Kalten Krieges der russische Luftraum wieder überflogen werden darf. Die Flugzeit von Europa nach Fernost ist dadurch kürzer geworden, und es sind keine Tankstopps mehr notwendig.

Wenn hier immer wieder von unberührter Natur die Rede ist, muss man wissen, dass diese auch in Alaska gefährdet ist. Dazu ein Beispiel: Am Cook Inlet gibt es enorm große Steinkohlevorräte in einem riesigen Feuchtgebiet auf der anderen Seite des Fjords, gegenüber dem Ort Kenai und zwischen den Ortschaften Tyonek und Beluga, das auch mehrere Laichaufstiegsflüsse der Lachse umfasst. Dort soll im Tagebau Steinkohle abgebaut werden, so der Plan, und mithilfe von gigantischen Anlagen am Inlet für Lieferungen nach China und Fernost verladen werden. Würde das realisiert werden, wäre das Naturvernichtung im XXL-Format. Und hier wird deutlich, was der amerikanische Präsident meint, wenn er aus dem weltweiten Klimaschutzprogramm aussteigen will: Er hat sich abhängig gemacht von Kapitalinteressen und ignoriert die Weltklimafakten.

Ich bin noch einmal nach Portage am Turnagain-Arm des Cook Inlet gefahren und habe mir die kleinen Eisberge im See angesehen, die vom Portage-Gletscher stammen. Und noch einmal in den Wintersportort Girdwood. Dann aber ging es zurück nach Palmer im Matanuska-Tal. Dabei habe ich mich in Anchorage gründlich verfranst und bin in der Elmendorf Air Force Base gelandet, am östlichen Rand von Anchorage. Da gab es keinerlei Aufregung bei der Wache. Als sie feststellten, dass ich Deutscher bin und mich verirrt hatte, hat sich ein Jeep vorne drangesetzt und mich zur richtigen Straße gebracht.

In Palmer habe ich in einem kleinen Hotel übernachtet. Damals, 1982, war die touristische Infrastruktur noch nicht so ausgebaut wie heute. Ich war auf dem Weg zum Denali-Nationalpark. Aber es regnete und die Wolken hingen tief. Der Park war inzwischen ziemlich überlaufen, was zu längeren Wartezeiten führte. Mit dem eigenen Auto durfte man nur wenige Kilometer hineinfahren, und es gab Quoten. Auf den Shuttle-Bus musste ich warten. Diesmal wollte ich nur bis zum Eielson Center, die Berge waren wolkenverhangen, die Natur rundherum trotzdem unvergleichlich schön. Aber bei jeder Sichtung eines größeren Wildtiers stoppte der Bus, und dann gingen etwa 40 Fotoapparate an und klickten hinter den Scheiben.

Als wir wieder zurückkamen, war es schon reichlich spät. Es gab eine Übernachtungsmöglichkeit bei der Alaska Railroad. Drei oder vier Waggons standen auf einem Nebengleis und boten in den Abteilen für wenig Geld Übernachtungsmöglichkeiten an. Das wollte ich auch nutzen und buchte einen Platz. An Schlafen war aber nicht zu denken. Die einzelnen Abteile waren nur mit Tüchern abgeteilt. Amerikaner können laut sein, und es war so lärmig, dass ich mein Bündel packte und das Weite suchte.

Am späteren Abend fuhr ich weiter bis zum Healey Roadhouse. Rasthäuser gab es, wenn auch nicht sehr häufig, schon damals. Zwölf Dollar auf die Hand und ich konnte eine der Kabinen beziehen. Diese waren mit Blechwänden abgeteilt und gerade groß genug für Bett, Nachttisch und Stuhl. Aber Blechwände sind keine Betonwände und Amerikaner können auch Türen knallen. Laut war es also auch im Roadhouse. Ich kam vom Regen in die Traufe und flüchtete zum zweiten Mal. Ins Auto und weiter.

In der Region von Healey wird in großem Maßstab Steinkohle im Tagebau abgebaut, von der Usibelli Coal Mine-Gesellschaft. Sie beliefern sechs Kraftwerke in Alaska und exportieren über den Hafen von Seward Kohle nach Asien. Wie man sagt, wendet die Firma erhebliche Mittel zur Rekultivierung der ausgeräumten Flächen auf und versucht, die der Umwelt zugefügten Wunden zu beseitigen. Verblüffend für mich war, an einer Bergflanke die offenen Kohlebänder zu sehen, während die Kohle bei uns in solchen Flözen in der Tiefe gelagert ist. Das macht einen Riesenunterschied bei den Förderkosten.

Ich fuhr stundenlang durch Dämmerung und dann Dunkelheit, vom George Parks Highway an Fairbanks vorbei auf den Richardson Highway. Es gab kaum Gegenverkehr, und ich achtete auf Wildwechsel. Dann sah ich im Dunkeln ein Hinweisschild für einen *campground* tief im Wald. Dort war ich der Einzige in dieser Nacht. Es war kalt. Gegen ein Uhr habe ich ein Feuer an einer dafür vorgesehenen Stelle gemacht, eine Brühe gekocht und mich ins Auto zum Schlafen gesetzt. Vorher das Feuer noch mal geschürt – man weiß ja nie, ob Bären in der Nähe sind. Kaum geschlafen, ungewaschen Kaffee getrunken, Eier mit Speck gebraten und derart gestärkt weitergefahren Richtung Yukon.

Beim Feuermachen gilt eine eiserne Regel: nur an den dafür vorgesehenen Feuerstellen! Niemals woanders! Und gründlich das Feuer löschen wegen der Waldbrandgefahr. Ich bin kilometerweit an abgebranntem Wald und Busch vorbeigefahren, diese Ödnis war nur etwas gemildert vom *fireweed*, dem Waldweidenröschen, das große Flächen mit seinen rosaroten Blütenteppichen überzieht. Es ist eine der ersten Pflanzen, die sich nach Waldbränden wieder ansiedelt. Eine weitere wichtige Regel gibt es beim Fahren in Alaska oder im Yukon-Territorium: *fill her up*! Das heißt: bei jeder Gelegenheit den Tank auffüllen.

In der Nähe von Delta Junction kam die Trans-Alaska-Pipeline in Sicht, die von Prudhoe Bay zum Hafen von Valdez im Prince William Sound führt. Diese Ölleitung ist 1.287 Kilometer lang und wurde in den 70er Jahren errichtet. Eine technische Meisterleistung! Das Bauwerk selbst kann man zwar aus Sicht des Naturschutzes wegen einer immer denkbaren Ölkatastrophe nicht gutheißen, man muss aber anerkennen, dass die Betreiber unter der strikten staatlichen Überwachung alles tun, um eine solche zu verhindern. Die Rohrleitungen wurden weitgehend auf Stelzen gebaut, damit das anfangs 80 Grad heiße Erdöl den Permafrostboden nicht auftauen kann. Und die Karibus hat die Pipeline nicht, wie befürchtet, von ihren jährlichen Wanderungen abhalten können.

An diesem Tag kam ich bis zur kanadischen Grenze bei Beaver Creek und fand ein sehr gutes Motel. Ich konnte duschen, essen und ausgiebig schlafen – die Welt war wieder in Ordnung. Am Kluane Lake entlang – der türkisfarbene See ist der größte des Yukon-Territoriums und rund 70 Kilometer lang – fuhr ich mit vielen Stopps nach Haines Junction. Der Alaska Highway verläuft direkt an der Grenze des Kluane-Nationalparks. Tosend braust dort das weiße, schäumende Wasser des Donjek-Gletscherflusses heran. Der Gletscher selbst ist 56 Kilometer lang und Teil des riesigen Eisfelds der St. Elias Mountains.

Der Donjek mündet letztlich in den Yukon River. Am Ufer des Kluane Lake gibt es kleine Orte wie Burwash Landing oder Destruction Bay, dort habe ich mich umgesehen. Einen platten Hinterreifen hatte ich und musste am See den Reifen wechseln. In der Werkstatt der Lodge wurde später der defekte Reifen geflickt. Die Ankunft in der Lodge war wie nach Hause kommen.

Diesmal blieb ich 14 Tage bei Heinz und Käthe in der Lodge und wieder durfte ich etwa eine Woche in völliger Freiheit und Einsamkeit in der Blockhütte verbringen. Der Wind brauste, der Wald ächzte unter ihm. Tierlaute Tag und Nacht, Vogelrufe, der Schlag der Wellen gegen das Ufer. Und wieder das Trippeln der Streifenhörnchen auf dem Dach.

Diesmal gab Heinz mir ein Aluminiumboot mit, das stabiler im Wasser lag und nicht so leicht kentern konnte. Bärenspuren sah ich in unmittelbarer Nähe nicht, aber die von Elchen. Wölfe heulten weit entfernt. Auf dem See erbeutete ich einige *graylings*, diesmal keinen Saibling. Ich steuerte das Boot zu einer der kleinen Inseln, sah sie mir näher an und bog dann in einen Zufluss zum See ein. Ein Biber klatschte verärgert mit seinem Schwanz aufs Wasser. Die Tage vergingen wie im Flug, und Heinz holte mich schließlich wie vereinbart mit dem großen Boot ab, mein kleineres nahmen wir im Schlepp mit.

Auf der Lodge vermisste ich Wayne, ich fragte nach und bekam eine traurige Nachricht: Wayne lebte nicht mehr. Er war auf der Haines Road zwischen Lodge und Haines Junction mit dem Auto verunglückt, es soll Alkohol im Spiel gewesen sein. Wayne war ein ganz besonderer Typ und wird mir unvergesslich bleiben.

Auch diesmal war ein spannender Gast da, der sich mit seiner Frau in einem der drei kleinen Blockhäuser der Lodge eingemietet hatte. Er war US-Amerikaner und kannte die Lodge offenbar von früheren Besuchen. John wollte Königslachse im Blanchard Pool angeln und lud mich zum Mitkommen ein. Das nahm ich gerne an, alleine hätte ich das nicht gemacht. Der Blanchard River liegt schon in British Columbia, dicht hinter der Yukon-Grenze. Das Auto mussten wir an der Straße stehen lassen. Von dort geht es steil abschüssig einen Hang hinunter ins Tal und nach einer halben Stunde Fußmarsch zum kleinen Fluss Blanchard, der später in das Tatshenshini-Alsek-System mündet.

Unterhalb eines Wasserfalls mit mehreren Stufen liegt der Blanchard Pool, wegen seiner großen Königslachse ein Geheimtipp für Sportangler. Der Amerikaner hatte einen Bärentöter dabei, einen starken Karabiner, das bot einen gewissen Schutz. Warnschilder der Forstbehörde wiesen ausdrücklich auf die Grizzlies hin. Beim Hinuntergehen stürzte die Frau des Anglerfreunds und verletzte sich am Knie, sie konnte kaum weiter.

Im Pool waren eine Menge Lachse angekommen und im klaren Wasser deutlich zu sehen. Die Fische verweilen dort eine gewisse Zeit, bevor sie weiterziehen. Am Steilhang gegenüber hockten Weißkopfseeadler in den Bäumen, dazu Kaskaden von herabstürzendem Wasser und die springenden Lachse – das war ein großartiges Bild, wie für die Ewigkeit gemacht. Ich hatte zunächst Glück, ein Großer ging an den Haken, stellte sich aber sofort flussabwärts in die Strömung, alles Leinegeben half nicht, er war nicht zu halten: Meine 0,50er Leine riss, und der Fisch war weg.

Der Amerikaner hatte mehr Glück, vor allem aber das bessere Angelgerät – er konnte einen prächtigen Lachs von beachtlicher Größe landen. Wir waren nicht die Einzigen am Pool, die anderen Angler waren aber keine Sportfischer, sondern eher Metzger. An einer Metallkugel hatten sie große Drillingshaken befestigt. Diese Kugel haben die Sportsfreunde mit einer schweren Rute quer über den Fluss geworfen und dann durchs Wasser gezogen. Mehrmals hatten sie auch Erfolg, erwischten die Fische irgendwo außen mit ihren Haken und zogen sie durch die Strömung ans Ufer. Mich hat das angewidert. Wir sind dann auch bald den Hang hinauf zum Auto zurückgekehrt. Bären haben wir nicht gesehen.

Meine Zeit in der Lodge ging langsam zu Ende. Da bot Heinz mir an, ihn zu seiner Goldmine am Old Squaw Creek zu begleiten. Er sagte, am späteren Abend wären wir wieder zurück, und so könnte ich meinen Flieger am nächsten Tag noch erreichen.

Dazu ein Einschub: Zu meiner großen Überraschung las ich im November 1983 in der *Frankfurter Rundschau* einen Artikel über Goldvorkommen in Kanada. Über das Suchen und Auffinden solcher Felder und darüber, wie das Schürfen vor sich geht. Die Reporterin erwähnte auch das Goldfeld am Old Squaw Creek und einen großen Goldklumpen, den Heinz, im Artikel mit seinem vollen Namen genannt, in seinem Claim gefunden hatte. Der Bericht erwähnte das Gewicht dieses Funds und seine Größe. Auch den Kaufpreis, der Heinz von einem Sammler angeboten worden war.

1982 war davon keine Rede gewesen. Einem Bericht der *Yukon News* zufolge kommen die Jahre 1981/82 für Heinz' Goldfund infrage, dort wird von einem 17. Juli, vermutlich 1981, gesprochen und ein Gewicht von 73 Unzen erwähnt. Auch ein Goldfund im Nachbarclaim wird erwähnt, der wohl meine Hubschrauberpiloten betraf – doch davon später. Ich wunderte mich ein wenig, wie diese Geschichte es in die Zeitung geschafft hatte, denn über größere Funde berichten die Glückspilze nicht so gern. Man muss schon vertraut sein mit jemandem, der Goldnuggets sein eigen nennt, damit er diese manchmal bizarren Klümpchen herzeigt. Trotzdem ließen mich damals mehrere Finder ihre Nuggets bestaunen.

Ich war hocherfreut über Heinz' Angebot. Allein die Fahrt zur Mine am Old Squaw Creek, die hoch oben in den Bergen im Gebiet von British Columbia lag, war ein Abenteuer. Am frühen Morgen beluden wir den Truck und den dazugehörigen Anhänger mit Werkzeugen und Material, beides für die Reparatur der *sluice box* gedacht – dazu später mehr –, und mit Treibstoffkanistern. Auto und Anhänger waren randvoll bestückt. Dann ging es los. Mit einem Schaufelradlader war Martin, Heinz' inzwischen erwachsener Sohn, schon zum Tatshenshini vorausgefahren und wartete auf der anderen Flussseite auf uns. Ich saß ziemlich unbequem auf der Ladefläche, weil Heinz und Käthe in der Kabine noch ein befreundetes Paar mitnahmen, das am Old Squaw Creek wandern wollte.

Wir mussten den reißenden Fluss durchqueren. In der Mitte angekommen, soff der Motor ab, Wasser kam durch die Türen. Es ging nichts mehr. Daraufhin fuhr Martin mit dem Radlader, dem die Strömung nichts anhaben konnte, neben uns in den Fluss, konnte zusammen mit seinem Vater, der bis zum Bauch im eiskalten Wasser stand, ein Stahlseil an der Vorderachse des Trucks befestigen und zog uns ans andere Ufer. Dann ging es ziemlich steil nach oben. Das Ladegut drückte stark gegen die hintere Bordwand, und die ging plötzlich auf. Alles, was auf der Ladefläche lag, rutschte auf den Karrenweg. Ich auch. Abgesehen von Prellungen und blauen Flecken habe ich diesen Sturz heil überstanden. Heinz hatte die hintere Ladeklappe mit Holzpflöckchen gesichert – statt mit den dafür vorgesehenen Stahlbolzen.

Die Weiterfahrt führte durch eine erhabene Bergwelt. Und mittendrin dann eine schmerzliche Erinnerung. Wie so oft lagen Erhabenes und Trauriges dicht nebeneinander. Als ich von Heinz damals, bei meinem ersten

Kanada-Aufenthalt, in Haines Junction abgeholt worden war, war Charly dabei gewesen, der unsere Panne auf der Haines Road behoben hatte. Danach hatte ich ihn kaum gesehen. Er war ein Einzelgänger und suchte Gold am Old Squaw Creek. Als wir den steilen Weg, mehr ein Pfad, zum *claim* hinauffuhren, kamen wir an Charlys kleiner, schon halb verfallener Hütte vorbei. Charly war erst wenige Wochen zuvor an Kehlkopfkrebs gestorben, seine Familie lebte weit weg in Ontario. Die ganze Ausbeute seiner Goldsucherei hatte er, so erzählte mir Heinz, in einer Flasche aufbewahrt und diese versteckt. Sie war nicht gefunden worden.

In der Mine sind wir reichlich verspätet angekommen. Dort stand eine Hütte, in der Gerätschaften aufbewahrt wurden, es gab Schlafstellen und eine kleine Küchenausstattung. An eine Rückkehr am selben Tag war nicht mehr zu denken, das war Heinz wohl klar, aber mir nicht. Ich wanderte ein wenig in der Nähe umher und entdeckte Tiere und Pflanzen, die mir fremd waren, aber auch einiges, das unserer heimischen Flora und Fauna ähnelte.

Am Old Squaw Creek habe ich mit der Pfanne Gold gewaschen, aber nur Glimmer – Katzengold – erbeutet. Nach Gold zu graben, ist eine ernüchternde Tätigkeit, wenn man es professionell angeht. Denn es wird mit schwerem technischen Gerät betrieben, da große Erd-, Fels- und Steinmengen bewegt werden müssen. Bei Heinz ging das so: Die Waschrinne, die *sluice box*, bestand aus einem großen, siebartigen Rahmen aus starken Stahlrohren, so auf Lücke angeordnet, dass nur kleineres Geröll, Kies und Sand in die Rinne durchfallen konnten und größere Brocken seitlich herunterplumpsten. Mit der Schaufel des Radladers wurden Steine und Kies aus dem Bachbett gehoben und auf dieses Gerüst geschüttet. Mit Hilfe eines starken Wasserstrahls wurde das durchzusiebende Material dann in der *sluice box* weiterbewegt und an einem Abhang angeschüttet. Das eventuell enthaltene Gold blieb dabei am Ende der Rinne in einer Matte liegen und wurde am Abend in der Pfanne ausgewaschen. Größere Nuggets lassen sich schon vorher entdecken. Dass dies funktioniert, hat mit dem spezifischen Gewicht des Goldes zu tun, 19,6 in der Wichtereihe der Elemente. Das Gold sinkt auf den Boden der *sluice box* und bleibt in der Matte hängen.

Heinz fragte, ob ich wirklich schon am nächsten Tag zurückfliegen müsse. Das ging nicht anders, weil ich am Abend mit Sohn und Schwiegertochter am Salt Lake City Airport verabredet war, wo sie mich auf ihrer Fahrt von Arizona zum Yellowstone Park abholen wollten. Aber Heinz hatte schon eine Lösung parat. Der Nachbarclaim gehörte zwei US-Amerikanern, die mit ihrem Hubschrauber vor Ort waren und am Abend zurück wollten, sie würden mich bei der Dezadeash Lodge absetzen. Mir fiel ein Stein vom Herzen.

Am späteren Abend flogen die beiden Claimnachbarn mit ihrem kleinen Hubschrauber zurück, ich ziemlich beengt in der Mitte zwischen den beiden. Unterwegs sahen wir Elche und auch Bären. Wir machten eine Zwischenlandung neben den verfallenden Blockhütten von Dalton Post – ein weiterer Höhepunkt für mich –, und sie setzten mich schließlich an der Lodge ab. Den beiden bin ich noch heute dankbar, denn alles hat geklappt wie vorgesehen. Heinz hatte mir vorher noch verraten, mit wem ich da flog: zwei ehemaligen Bomberpiloten der U.S. Air Force.

Beide waren auch über Deutschland im Einsatz gewesen. Und ich erinnerte mich an den abstürzenden US-Bomber in der Nähe meines Dorfes und an die zehn Fallschirme. An einem davon hing ein junger amerikanischer Soldat, der mir etwas später mit seinem Bewacher gegenüberstand und mich anlachte. Damals wünschten wir den amerikanischen und englischen Fliegern alle Übel der Welt. Konnte es einer der beiden hier sein? Doch das war reine Phantasie.

Noch etwas zum Old Squaw Creek, der heute Dollis Creek heißt. Es handelt sich um einen kleinen wilden Bach in den Bergen von etwa 15 Kilometern Länge. In der Region gibt es reiche Erzlagerstätten, zum Beispiel Kupfererz. Gold fand dort als Erster ein Angehöriger der Klukshu First Nations. Die Claims wurden von der Verwaltung der kanadischen Provinz British Columbia verpachtet. Als 1986 das ganze Gebiet unter Schutz gestellt und der Alsek-Tatshenshini-Provinzpark gegründet wurde, mussten Bergbau und wirtschaftliche Tätigkeiten in diesem Gebiet eingestellt werden. Zwei Kupferbergbaugesellschaften und die Claimpächter klagten auf

Schadenersatz gegen die Englische Krone und wurden nach einem jahrelangen Verfahren mit einer Flut von Gutachten und Gegengutachten über vermeintliche Fördermengen und Erträge letztlich entschädigt.

Zum Treffpunkt Airport Salt Lake City kam ich mit zwei Stunden Verspätung. Mein Flieger aus San Francisco musste eine riesige Gewitterfront umfliegen, wir wurden kräftig durchgerüttelt, kamen aber wohlbehalten an.

Die dritte Reise ins Yukon-Territorium und nach Alaska ging wieder mit einem Sack voller Erinnerungen zu Ende. Und erneut mit dem festen Vorsatz, wiederzukommen. Und vor allem einen Teil dieses wunderschönen Landes kennenzulernen, der, es war 1982, durch den 1979 fertiggestellten Bau einer inzwischen legendären Straße erschlossen worden war: des Dempster Highway.

Im Anflug
auf Anchorage

Wien Air

Lake Hood
Seaplane Base

Shuttle zum
Denali Park

Bed without breakfast

Auch nicht besser:
Healy Roadhouse

Alaska Range
im Hintergrund

Abgestorbene Bäume
der Sumpf- und
Waldtaiga

Fluss in der Taiga

Radarstation:
Ist noch Kalter Krieg?

Die Trans-Alaska-
Pipeline quert
den Tanana River

Weg des Erdöls
über den Tanana

Mears Memorial Bridge über den Tanana River

Mears Memorial Bridge

Brücke über den Takhini

Noch eine Brücke

Eine Elster
ruht sich aus

Reifenpanne am
Kluane Lake

Wieder zu Hause
in ›meiner‹ Cabin

Wer da wohl
gehaust hat?

Hier war ich
zuhause …

Zimtbär an der Dump

Und noch ein Räuber …

Unterwegs auf der Haines Road

Beeindruckendes Bergmassiv

Es gibt auch stille Wasser am Dezadeash …

Old Squaw Creek

An der Goldmine

Käthe vor
der Cabin

Auf dem Weg zum
Old Squaw Creek

Old Squaw Creek

Martin zieht uns
aus dem Fluß

Am Old Squaw Creek

Old Squaw Creek

Mit diesem
Hubschrauber
ging's zurück

Dalton Post: der alte Trail

Am Blanchard Pool

Am Blanchard Pool

Am Blanchard Pool

Johns Fisch

Lachsfang

Million Dollar Falls

Million Dollar Falls

Million Dollar Falls

Million Dollar Falls

IV.

1986 war es soweit. Der Dempster Highway ist eine Allwetter-Gravel-Road, eine Schotterstraße, die vom Klondike Highway nahe Dawson am Yukon River bis nach Inuvik im Delta des Mackenzie River führt. Inzwischen wird sie bis nach Tuktoyaktuk an die Küste der Beaufort Sea, des arktischen Ozeans, weitergebaut und soll 2018 fertiggestellt sein. Die Straße wird dann fast 1.000 Kilometer lang sein und führt durch menschenleeres Gebiet, durch eine unwirklich schöne Landschaft mit einer noch intakten Flora und Fauna.

Der Highway kreuzt den Mackenzie, den riesigen Strom, der allein von seinem Ausfluss aus dem Großen Bärensee bis zur Mündung in das Beaufort-Meer 1.900 Kilometer umfaßt. Den Mackenzie und auch seinen Nebenfluss, den Peel, überquert man mit gebührenfreien Fähren in der eisfreien Jahreszeit, bei Eisgang überhaupt nicht, und wenn das Eis tragfähig geworden ist, fährt man über den zugefrorenen Fluss.

Ihren Namen hat diese Straße von einer Patrouille der *NorthWest Mounted Police*, deren Anführer Inspektor William Dempster war. Diese Patrouille hatte den Auftrag, die ›Lost Patrouille‹ Fitzgerald zu suchen, die im März 1911 nicht wie vorgesehen in Fort McPherson angekommen war. Inspektor Dempster und seine beiden Begleiter fanden die vier Vermissten tot, nicht weit entfernt von Fort McPherson. Den Gefundenen ist ein Gedenkkreuz mit vier Grabplatten gewidmet.

Die Anfänge der Straße gehen auf das Jahr 1958 zurück, ihr Bau stockte immer wieder und wurde zeitweise ganz eingestellt. Eröffnet wurde sie schließlich 1979, sie führt über den Polarkreis und über die Grenze des

Yukon-Territoriums in die North West Territories. Das riesige Land dieser North West-Territorien wurde 1999 geteilt. Das abgetrennte Gebiet heißt jetzt Nunavut, es reicht bis Grönland. Nunavut, ›unser Land‹, ist die Sprache der Inuit, früher sagten wir Eskimos. Der jetzige Endpunkt des Dempster Highway ist Inuvik, ebenfalls Inuit-Gebiet. Statt eines riesigen Areals gibt es jetzt eben zwei. Der Untergrund der Straße ist teilweise Permafrost, und das erfordert jedes Frühjahr erhebliche Baumaßnahmen, die viel Geld verschlingen. Da der Dempster Highway aber als Versorgungsstraße eine immense Bedeutung hat, nimmt Kanada diesen Aufwand in Kauf.

Noch von zu Hause aus hatte ich einen Camper in Whitehorse gemietet, der auch bei unserer Ankunft – meine Tochter Karin begleitete mich – bereitstand. Es war kein neues Modell und mit deutlichen Gebrauchsspuren behaftet. So gut wie kein Autoverleiher in dieser Gegend vergibt neuwertige Fahrzeuge für Touren auf dem Dempster. Das versteht man, wenn man diese Straße befahren hat.

Unser Auto hatte zwei 200-Liter-Tanks und zwei Reservereifen, einen auf dem Dachträger und einen vor dem Kühler. In einem Supermarkt haben wir noch Vorräte besorgt, und dann ging es los. An diesem ersten Tag steuerten wir auf dem Klondike Highway noch den ersten *campground* auf unserem Weg nach Dawson an, im Wesentlichen dem Lauf des Yukon folgend. So langsam wurden wir warm mit unserem Vehikel und schliefen die erste Nacht auch schon recht gut.

Am nächsten Morgen beim Frühstück passierte es dann: Beim Biss in ein labbriges Brötchen brach mir ein Schneidezahn im Oberkiefer ab, er war schon plombiert und vorgeschädigt. Und da ich auch eine Brücke im Oberkiefer hatte, war an eine Weiterfahrt, auf der eine zahnärztliche Versorgung nicht möglich gewesen wäre, nicht zu denken. Also hieß es umkehren und nach Whitehorse zu einem Zahnarzt. Wir haben uns durchgefragt und glücklicherweise eine Praxis mit einem Dentallabor gefunden.

Es war schon gegen Abend, der Zahnarzt zog sofort die Wurzel und hängte noch in der Nacht im Labor einen neuen Zahn an die Brücke. Als wir am nächsten Morgen bei ihm auftauchten, war die Reparatur erledigt, die Brücke fertig zum Einsetzen, sie passte und hielt viele Jahre. Die Rechnung: neunzig kanadische Dollar, ein Bruchteil von dem, was in Deutschland dafür verlangt worden wäre.

Wir konnten einen neuen Anlauf zum Dempster nehmen. Aber vorher gab es noch ein feierliches Zeremoniell. *Down by the banks of the Yukon* habe ich, die Melodie von *Down by the banks of the Ohio* im Ohr, dem Song von Johnny Cash, meinen abgebrochenen Zahn feierlich in den Fluten des Yukon versenkt, sodass ich heute sagen kann: Ein Stück von mir ist im Yukon geblieben.

Wir starteten auf dem Klondike Highway. Bei den Five Finger Rapids legten wir eine längere Pause ein. Diese Stromschnellen waren für die Goldsucher, die zum Klondike wollten, ein ernstes Hindernis, einige erlitten dort Schiffbruch mit ihren teilweise primitiven Flößen und Booten. Die großen Schaufelraddampfer, die *sternwheeler*, fuhren da auch durch, und es gab Schiffbrüche. Wir haben uns zwei Museumsschiffe angesehen, die *Klondike* in Whitehorse und die *Keno* in Dawson. In der Nähe von Pelly Crossing übernachteten wir auf einem staatlichen *campground* direkt am Ufer des Yukon, und ich angelte im Fluss, wo es noch Königslachse gab und gibt, die bis dorthin fast 2.800 Kilometer zurückgelegt haben. Ich hatte leider keinen Erfolg. In unserer Nähe stand eine verfallende Blockhütte aus Goldgräberzeiten und erinnerte an diese turbulente Phase in der Geschichte des Yukon.

Der nächste Tag brachte uns nach Dawson, der legendären Stadt des Goldrauschs. Dieser Ort, über den Jack London schrieb, hat heute ca. 1.500 Einwohner und lebt überwiegend vom Tourismus. Es war Sommer, es gab viele Touristen. Wir besichtigten einiges, suchten und fanden einen Waschsalon, fuhren zum Klondike River, dem Eldorado der Goldsucher, und fanden eine durchwühlte Landschaft vor. Sie wird auch heute noch von riesigen Baggern weiter durchgegraben – und es gibt Wascheinrichtungen, *dredges* – immer in der Hoffnung, mit dem noch im Boden verborgenen Gold reich zu werden, zumindest aber den Aufwand und den langen Winter finanzieren zu können. Für die nächste Nacht fanden wir einen bereits gut gefüllten staatlichen Campingplatz nicht weit vom Startpunkt des Dempster Highway. Betonen muss man immer wieder die Schönheit, Einfachheit und das großzügige Stellplatzangebot dieser staatlichen Plätze, die auch noch wenig kosten – kein Vergleich zu den privaten.

Und dann waren wir auf dem Dempster, mit Erwartungen, die von der Wirklichkeit noch übertroffen wurden. Zunächst wenige Kilometer Asphalt, dann Schotterpiste, schwierig zu fahren bei Regen oder Nebelnässe. Schon bald kam die erste Baustelle. Ein Hang war abgerutscht, schweres Gerät im Einsatz, so mussten wir warten und uns in Geduld üben. Wir waren hier ja im Bereich des Permafrosts, und der erfordert einen hohen Reparaturaufwand. Es sind Stimmen laut geworden im kanadischen Parlament, den Dempster zu schließen, weil nach jeder Schneeschmelze immense Schäden beseitigt werden müssen.

An den Tombstone Mountains vorbei fuhren wir über den North Fork Pass, rund 1.300 Meter hoch, zum Blackstone. Der Blackstone River wird später nach seinem Zusammenfluss mit dem Ogilvie zum Peel River. Am Blackstone, an einer Stelle, die von der Straße aus zugänglich war, wollte ich angeln. Während ich das tat, ganz darauf konzentriert, hörte ich plötzlich Motorengeräusche eines Helikopters – und schon waren sie da. Zwei Ranger im Hubschrauber auf Kontrollflug, um harmlose Angler zu ertappen. Ich konnte diesen überaus höflichen Beamten meine *fishing license* zeigen, sie waren zufrieden, bedankten sich und flogen weiter. Der Fluss war ungnädig, keine Forelle oder Äsche hat angebissen, und wir fuhren ohne Aussicht auf ein leckeres Fischabendessen weiter bis zum Engineer Creek Campground und übernachteten dort.

Auf dem Weg dorthin hatten wir einen Straßenabschnitt dieser Schotterstraße, der nur so mit Schlaglöchern gespickt war. Kaum ein Fahrzeug kam uns entgegen, wir hätten es schon von ferne gesehen wegen der gewaltigen Staubfahne, die bei trockenem Wetter hinterher zieht. Und einer der riesigen Laster wäre erst recht nicht zu übersehen gewesen. Die Fahrer dieser Trucks sind rücksichtslos, sie fahren, als gehörte die Straße ihnen allein, immer in der Straßenmitte.

Einen noch nie gesehenen Anblick bot der Engineer Creek: Sein Wasser ist von den im Wasser gelösten Mineralien rostrot. Wir waren in dieser Nacht die einzigen Camper dort. Wegen der Rüttelei auf der Straße klemmte bei unserem Wohnmobil die Verriegelung der hinteren Einstiegstür. Am Morgen ließ sie sich mit dem Schlüssel von innen nicht öffnen, auch nicht mehr reparieren. Das Schloss war gebrochen, wir im Innenraum gefangen. Meine Tochter konnte sich durch die Dachluke befreien und dann glücklicherweise von außen öffnen. Mit Kordel band ich die Tür notdürftig fest.

Kurz hinter dem Engineer Creek erreichten wir den Ogilvie. Die Straße führt bis zur Brücke an diesem Fluss entlang: ausgiebige Gelegenheit zum Fischen auf Forellen und Äschen, ich habe prachtvolle Exemplare erbeutet. Hier soll es auch schon den *arctic char* geben, aber den habe ich nicht fangen können. Der *arctic char*, auch Rotforelle genannt, ist ein rötlich gefärbter großer Saibling, der von der Beaufort Sea in die Flüsse aufsteigt. Der Ogilvie fließt über den Peel und den Mackenzie in dieses nördliche Eismeer. Beim Verzehr des *arctic char* wird geraten, nur kleine Portionen zu essen, sein Fleisch sei so fett, dass es zu Durchfällen kommen könne. In diese Gefahr kam ich also nicht.

Vorbei an kilometerweit blühenden Teppichen aus Weidenröschen, *fireweed*, fuhren wir zu den Eagle Plains, dem Adler-Hochplateau, mit der einzigen Raststätte und Tankstelle zwischen den beiden Endpunkten dieser Straße. Hier verbrachten wir die Nacht, auch, um ausgiebig zu duschen. Wir waren im Bereich der Mitternachtssonne, und es wurde nicht mehr dunkel. Am nächsten Morgen ging es früh weiter nach Norden, nach Inuvik, dem Endpunkt des Dempster. Zunächst den Richardson Mountains entgegen, dann durch sie hindurch. Dabei passierten wir den Arctic Circle, den nördlichen Polarkreis, verließen dabei die Provinz Yukon und wechselten ins Northwest Territory.

Hier ein Größenvergleich, der deutlich macht, um welch riesige Landschaften es sich handelt: Das Yukon Territory hat eine Fläche von 482.443 Quadratkilometern, das Northwest Territory ist 1,346 Millionen Quadratkilometer groß und Nunavut, das bis zur Trennung 1999 eine Verwaltungseinheit mit dem Northwest Territory bildete, hat eine Fläche von 2.093.000 Quadratkilometern. Deutschland ist 357.376 Quadratkilometer groß – oder sollte man besser sagen: klein? Die Richardson-Bergkette mit ihren abgerundeten Kuppen, etwa 1.200 Meter hoch, erreicht eine Länge von rund 400 Kilometern in nordsüdlicher und 250 Kilometern in ostwestlicher Richtung.

Auf einer Brücke überquert der Dempster Highway den Eagle River. Was diesen kleinen, wilden Fluss so interessant macht: Während der Blackstone und der Ogilvie, nach ihrem Zusammenfluss Peel genannt, in das Mackenzie-System entwässern und damit in den arktischen Ozean, fließt der Eagle in den Bell River, der mündet in den Porcupine, den Stachelschweinfluss, und der wiederum in den Yukon und damit in den Pazifik. Die Bergkette ist also auch eine Wasserscheide.

Es regnete, die Straße war holprig und seifig, die Rutschgefahr groß. Und da der Highway teilweise dammartig angeschüttet ist, besteht ein erhebliches Risiko, wenn man ins Rutschen kommt. Den Peel River überquert man mit einer kostenlosen Fähre in der Nähe von Fort McPherson. An beiden Ufern stehen Bagger und Schaufelradlader, ihre Aufgabe ist es, die Rampe den unterschiedlichen Wasserständen anzupassen, damit man mit den Fahrzeugen auf die Fähre und auch wieder herunter kommt.

Nach weiteren rund 70 Kilometern dann der Mackenzie, ein gewaltiger Strom. Auch hier eine kostenlose Fähre, auf der Überfahrt hatten wir genügend Zeit, uns das rasch fließende Wasser, auf dem Treibgut unterwegs war, und die Steiluferseite gegenüber anzusehen, die nach jedem Eisgang ihr Gesicht verändern soll. Nicht weit von dem südlichen Fähranleger mündet stromaufwärts der Arctic Red River in den Mackenzie, dort liegt der gleichnamige Ort, der heute Tsiigehtchic heißt, ein Name der First Nations. Es gibt eine kleine, weiße Kirche, die man schon von Weitem sieht.

Der Dempster Highway führt auf diesen letzten 130 Kilometern vom Mackenzie-Fähranleger nach Inuvik durch flaches, sumpfiges Gelände mit kleinen Teichen und Seen und krüppeligem Wald. Auf den Wasserflächen haben wir mehrfach Singschwäne mit ihren gelben Schnabelansätzen sehen können. Der *campground* in Inuvik liegt außerhalb auf einer Anhöhe über dem östlichen Arm des Mackenzie im Delta dieses Stroms.

Mit der gebrochenen Türverriegelung und dem defekten Türschloss hatten wir unterwegs richtig Ärger gehabt, das Zubinden half nicht wirklich. Deshalb suchten wir in Inuvik nach einem *hardware store*, fanden tatsächlich einen und – oh Wunder – er hatte ein Ersatzteil mit Türschloss. Das baute ich ein, und wir hatten wieder eine verschließbare Behausung.

Völlig neu für uns waren die auf Stelzen gebauten Häuser und die isolierten Versorgungsleitungen, die wegen des Permafrostbodens über der Erde verlaufen. Ein besonderes Highlight ist die Kirche ›Our Lady of Victory‹ in Inuvik, in der Form eines Schnee-Iglus gebaut. Was auch im Gedächtnis haften geblieben ist: die Myriaden von Mosquitos, die uns peinigten. Auf dem Plumpsklo des kleinen Platzes war die Verweildauer sehr begrenzt, weil die Viecher auch von unten angriffen.

Nach einer Übernachtung fuhren wir zurück und hatten das Gefühl, den Dempster mit anderen Panoramen als auf der Hinfahrt neu zu erleben. Diesmal besuchten wir Fort McPherson, einen menschenleeren Ort, es war niemand zu sehen. In Eagle Plains wieder Mitternachtssonne, die hellen Nächte sind dem Schlaf nicht sehr förderlich. Am frühen Morgen, nach Frühstück und Auftanken, ging es weiter südwärts, den Ogilvie aufwärts.

Und dann geschah es ganz plötzlich, ohne jede Vorwarnung. In einer scharfen Rechtskurve, die wegen eines Felsvorsprungs keine Sicht auf den Straßenverlauf bot, kam uns einer dieser Riesenlaster entgegen, die ganze Straßenbreite einnehmend, ohne Tempoverminderung. Ich konnte nur noch geistesgegenwärtig das Lenkrad nach rechts reißen, sonst hätte der irre Fahrer uns frontal gerammt. Wir landeten im Straßengraben, der Riesentruck war auf und davon. Es dauerte, bis wir begriffen, was eigentlich passiert war. Am gemieteten Camper war kein Schaden erkennbar, aber ohne Hilfe kamen wir aus dem Graben nicht heraus. Die Straße wurde zwar ab und zu aus einem Hubschrauber heraus von der Polizei überwacht, aber es gab kein Funkgerät und wir konnten nichts weiter tun, als auf ein vorbeikommendes Fahrzeug zu warten. Das Zeitalter des Handys war noch nicht angebrochen.

Nach einer kleinen Ewigkeit kam ein Pkw, der in unsere Fahrtrichtung fuhr. Er hielt an, wie das im Norden üblich ist, und half uns. Der Fahrer gab sich als Kanadier aus Toronto zu erkennen. Mit seiner Hilfe kamen wir – durch Unterlegen von Hölzern und Zweigen unter die Räder und energischen Einsatz eines Klappspatens unseres Retters – rückwärts aus dem Graben, wobei er mit dem automatischen Getriebe unseres Vehikels besser umgehen konnte als ich. Eine Anzeige hielt er für sinnlos, weil wir weder Kennzeichen, Firmennamen noch Fahrzeugtyp erkannt hatten. Wir haben Adressen ausgetauscht und uns bei unserem Engel der Straße bedankt, zu einem späteren Kontakt kam es aber leider nicht.

Im Ogilvie, diesem schönen, kleinen Fluss, habe ich dann noch einmal geangelt und mehrere *graylings* ans Ufer ziehen können. Auf dem Grillrost unserer Feuerstelle auf dem Tombstone Campground habe ich die Fische gegrillt, sie schmeckten vorzüglich. Die schroffen Berge der Tombstone Mountains bilden die fantastische Kulisse dieses staatlichen Campingplatzes.

Kurz vor Erreichen der Ausfahrt des Dempster gab es wieder eine Baustelle, auch hier war ein Hang abgerutscht, schweres Gerät im Einsatz, und wir mussten warten. Dann verließen wir den Dempster Highway, eine der schönsten Wildnisstraßen, die es gibt. Wir fuhren weiter in Richtung Dawson zum nächsten *campground*, wo wir die Nacht verbrachten.

Unser Camper hatte sich eine Tarnung zugelegt: Er war mit einer graubraunen, festgebackenen Schmutzschicht überzogen, der selbst ein kräftiger langer Regenguss nichts anhaben konnte. Was wir Gott sei Dank nicht hatten, war ein *arctic star*, und das war gut so. Damit ist ein sternförmiger Steinschlag in der Windschutzscheibe gemeint, verursacht durch hochgewirbelte Steine der Schotterstraßen. Wir haben Autos gesehen, die gleich mehrere *arctic stars* hatten.

In Dawson haben wir uns noch ein wenig umgesehen und dann auf die Fähre gewartet, die uns über den Yukon bringen sollte. Der Yukon ist hier schon ein stattlicher Fluss mit einer starken Strömung. Auf der kostenlosen Fähre nahmen wir Abschied von einem der gewaltigsten Ströme der Erde, sein Weg bis zum Pazifischen Ozean ist von hier noch gut 2.500 Flusskilometer lang. Fast 600 Kilometer hat er seit seinem Ausfluss aus dem Tagish Lake im Yukon Territory zurückgelegt. Ein letzter Blick auf Dawson, auf den Berg der Stadt, den Dome, dann fuhren wir auf dem Top of the World Highway Richtung Alaska. Der Name kam mir etwas anmaßend vor, aber die Straße, die über Hügel auf bis zu 1.300 Meter Höhe führt, ist schon etwas Besonderes. Eine ausgesprochen gute Fernsicht herrschte an diesem Tag, bis zu den Tombstone Mountains ging unser Blick. Dort waren wir noch zwei Tage vorher gewesen. Ein stattlicher Elch kreuzte gemächlich die Schotterpiste, an einer Böschung sahen wir ein *porcupine*, einen Baumstachler. Berg- und Talstrecken wechselten einander ab.

Wir wollten noch über die US-Grenze, die wurde um 18 Uhr Ortszeit geschlossen. Nach Yukon-Zeit war es eine Stunde später, also 19 Uhr. Wir schafften es gerade so, ein überaus freundlicher amerikanischer Grenzbeamter fertigte uns ab und wünschte uns eine gute Weiterreise. Das hatte ich in den Lower States, den ›unteren Staaten‹, schon ganz anders erlebt. Hinter der Grenze, am Poker Creek, endet der Top of the World Highway, und die Straße heißt ab dort Taylor Highway.

Auf dem *campground* bei dem Ort Chicken haben wir übernachtet. Der lustige Name ›Huhn‹ oder ›Hühnchen‹ soll auf die hier zahlreich vorkommenden Moorschneehühner, die *willow ptarmigans*, zurückzuführen sein: Diese Bezeichnung hätten die ersten Ansiedler nicht aussprechen können und so, amerikanisch-praktisch, sei es bei ›Huhn‹ geblieben. Das *willow ptarmigan*, zur Familie der Raufußhühner gehörend, ist der Staatsvogel Alaskas. Die Ansiedlung Chicken geht auf die Goldfunde in der Gegend zurück, hier wurde nach Gold geschürft, auch mit großem Gerät, ähnlich wie am Klondike. Mir fiel das Buch ›Tisha‹ von Robert Specht ein, das von einer jungen Lehrerin in Chicken erzählt. Der Autor lässt seine Heldin berichten, wie sie Kartoffeln mit ins Bett nahm, damit diese in dem strengen Winter nicht gefrieren und damit verderben konnten.

Am nächsten Morgen ging es zunächst nach Tok und dann weiter nach Delta Junction, Fairbanks und zum Denali. Der Denali-Nationalpark war unser Ziel. Da wir wegen vieler Widrigkeiten erheblich an Reisezeit verloren hatten, wollten wir die weite Strecke von über 550 Kilometern in einem Rutsch schaffen und fuhren früh los. In umgekehrter Richtung war ich drei Jahre zuvor hier unterwegs gewesen, in Tok aber auf dem Alaska Highway geblieben. Den Denali wollte ich meiner Tochter unbedingt zeigen.

Ab Delta Junction ist der Richardson Highway die Straße nach Fairbanks, fast parallel zum Tanana River, der später in den Yukon mündet. Im Sommer bleibt es hier lange hell, in der Gegend von Fairbanks jedoch hatten wir Nieselregen, es wurde dämmerig. Ich befuhr die mittlere Spur der dreispurigen Ausfallstraße. Auf dieser Spur stockte plötzlich der Verkehr und ich wollte nach rechts wechseln. Im Außenspiegel war nichts zu sehen, im toten Winkel unseres Autos befand sich aber ein Fahrzeug. Mit dem Gestänge des rechten Spiegels rammten wir den kleinen Truck und verursachten bei ihm einen erheblichen Schaden. Ich hatte eine in den USA und Kanada gültige Regel missachtet: Bleib unbedingt auf deiner Spur!

In Deutschland wäre ich vom Unfallgegner wahrscheinlich mit sehr unfreundlichen Worten bedacht worden, nicht so hier. Wir räumten zunächst die Straße, damit der Verkehr fließen konnte, der Geschädigte funkte die Verkehrspolizei an, die *state trooper*, und wir warteten, nass und durchgefroren. Die Frau des gegnerischen Fahrers holte eine Thermoskanne mit heißem Kaffee aus ihrem Auto und schenkte auch uns einen Becher ein. Dabei erzählte sie uns, was sie doch für ein Pech hätten: Erst kürzlich sei ihr Holzhaus abgebrannt und jetzt auch noch das Auto kaputt.

Die *trooper* kamen schließlich, nahmen den Unfall auf, schauten sich meinen internationalen Führerschein und die Papiere unseres Campers an, schrieben die Daten auf, und das war's. Wir haben unsere Adressen ausgetauscht, es kam aber nie Post. Das war mein erster und einziger Unfall in den USA und Kanada, bei gut 30.000 gefahrenen Kilometern dort.

Als wir dann sehr spät am Denali Park ankamen, gab es doch noch einen der raren Stellplätze auf einem privaten Gelände, und wir verbrachten eine unruhige Nacht. Der Platz war übervoll, die Nassräume schwammen. Am nächsten Morgen hieß es früh anstellen für einen Platz im Shuttlebus, der

Park war völlig überlaufen. Welch ein Kontrast zu meinem ersten Besuch 1976, als ich noch mit meinem VW Camper zum Wonder Lake fahren durfte!

Der voll besetzte Shuttlebus startete und wieder war es wie in einem Panoramafilm: die fantastische Landschaft, das staunende Publikum, die vielen Stopps, das Klicken der Fotoapparate und das Surren der Kameras. Grizzlies an den Berghängen, Karibus, einige der männlichen Tiere mit überschwerem Geweih, Elche, die vom mannshohen Busch fast verschluckt wurden, viele Erdhörnchen, Ziesel, an den Hängen hoch oben die Schneeschafe. Es war alles wieder da. Auch er, der Einzige, der Erhabene, der Hohe, der Denali!

Wir stiegen aus und legten eine kleine Rast an einem Tundra-Berghang ein. Der Himmel verdunkelte sich, ein Schneeschauer im Juli für zehn Minuten, ein Fuchs streifte nahe vorbei, dann ging es wieder zurück. Ich nahm Abschied vom Denali. Meine Tochter wird vielleicht einmal wiederkommen.

Durch die erwähnten Verzögerungen auf unserer Fahrt war der Zeitplan, der vom Abflugtermin des Fliegers bestimmt wurde, nicht mehr zu halten. Der geplante Besuch der Kenai-Halbinsel mit Land's End in Homer und Homer Spit, der Landzunge in die Kachemak Bay, war nicht mehr möglich. Wir kamen noch bis zum *campground* am Eagle River, fuhren am nächsten Morgen nach Palmer und dann auf dem Glenn Highway Richtung Glennallen.

Mit einem schönen Blick auf den Matanuska-Gletscher rollten wir durch die großartige Landschaft des dazugehörigen Tals. Hinter Glennallen stießen wir auf den Richardson Highway, der von Valdez an der Küste kommt, und hatten eine herrliche Aussicht auf das Tal des Copper River und auf die Wrangell-St. Elias Mountains, die schneebedeckt aus der Ferne grüßten. In Delta Junction stießen wir auf den ALCAN, den Alaska Highway, und dann ging es via Tok und Beaver Creek Richtung Yukon – fast bin ich geneigt zu sagen: Richtung Heimat, denn der Yukon hätte für mich das Zeug dazu gehabt, meine Heimat zu werden. Auf dem *campground* in Beaver Creek waren wir wieder in Kanada. Dann auf dem ALCAN Richtung Süden, an der

Grenze zum Kluane-Nationalpark entlang und am türkisfarbenen Wasser des Kluane Lake vorbei. Ein Schwarzbär kreuzte vor uns die Straße. Zu den Großtieren ist zu sagen: Es ist nicht so, dass sie häufig zu sehen sind. Es gibt viele, aber in ihrem Lebensraum werden sie optisch oft von Buschwerk und Hintergrund geradezu verschluckt.

Wir kamen nach Haines Junction und waren wenig später in der Lodge am Dezadeash Lake. Hier erlebte ich eine Überraschung: Heinz und Käthe waren nicht mehr da. Nach Auskunft der neuen Besitzer betrieben sie jetzt eine Tankstelle in Haines Junction. Wir stellten unseren Camper auf den *campground* am Dezadeash, übernachteten und machten uns am nächsten Morgen auf den Weg zum Sommerdorf der Aishihik First Nations am Klukshu. Das Dorf machte einen verlassenen Eindruck, niemand war zu sehen. Die *fish trap* war offen, die Lachse konnten gefahrlos hindurchschwimmen. Vor zehn Jahren war hier noch richtig was los gewesen.

Weiter zum Tatshenshini River. Ich wollte meiner Tochter diesen wilden Fluss zeigen, in Erinnerung an eigene kleinere Abenteuer, wie die beinahe verunglückte Durchquerung mit einem Auto, den Fluss meiner Fangerfolge, die Stelle, an der der Klukshu in den Tatshenshini mündet, die aufsteigenden Lachse, den Startplatz der Tatshenshini-Alsek-Rafting-Touren. Mit dem schweren Camper fuhr ich – ziemlich riskant – den steilen Weg hinunter zum Fluss. Wir trafen dort unten außer zwei Männern der First Nations niemanden, die beiden verhielten sich sehr unfreundlich und abweisend. Hier wurde offensichtlich nicht mehr geangelt. Der Fluss war Teil eines geschützten Provinzparks geworden, der Zug der Lachse in den Klukshu hatte sich stark verringert.

Also machten wir uns auf den Rückweg, um Heinz und Käthe in Haines Junction zu besuchen. Wir trafen beide in ihrer neuen Tankstelle an, durften bei ihnen unseren Camper reinigen und Heinz gab mir den Schlüssel zu seinem kleinen Bootshaus am Dezadeash in der Nähe der Lodge, die heute einen anderen Namen trägt. Mit seinem Aluminiumboot mit Außenbordmotor machten wir eine Abschiedstour auf dem See, ich wollte noch einmal zur *cabin*, dem kleinen Blockhaus, in dem ich zweimal unvergessliche

Tage verbracht hatte. Aber wir mussten wegen heftiger Winde bald umkehren, ich kannte ja schon die urplötzlich aufkommenden rollenden Wellen und wollte uns keiner Gefahr aussetzen. Am Ufer war das Aussteigen durch die Brandung schwierig genug. Wir brachten das Boot ins Bootshaus und widmeten uns den Rest des Tages am See dem Angeln und Nichtstun. Am nächsten Morgen dann der Abschied von Heinz und Käthe.

Auf dem Alaska Highway ging es nach Whitehorse. Es war Zeit, Abschied auch vom Yukon zu nehmen, es war völlig ungewiss, ob ich noch einmal wiederkommen würde. Und in der Tat: Es war für mich ein Abschied für immer. In der Nähe der Straße gibt es einen Friedhof des Champagne-Aishihik-Volks. Kleine, bunt bemalte Häuschen über den Gräbern, Ausdruck ihrer Kultur. Der Besuch dieses Friedhofs war auch ein Abschied von den Menschen, die seit Urzeiten in diesem Lande lebten, in dem Menschen meiner Rasse die Eindringlinge waren und in der Vergangenheit viel Unheil über die Ureinwohner brachten.

Den zuverlässigen, wenn auch alten Camper gaben wir ohne Blessuren zurück. Unsere plötzliche Bekanntschaft mit dem Straßengraben am Dempster und auch die Kollision in Fairbanks hatten keine Schäden am Auto verursacht. Immerhin sind wir rund 4.000 Kilometer mit diesem Fahrzeug auf manchmal sehr schwierigen Strecken gefahren. Sogar den Aufwand für die Reparatur der Einstiegstür hat der Autoverleiher erstattet! Nach der Startrunde des Fliegers über Whitehorse ein letztes wehmütiges *goodbye, goodbye* Yukon, mein Traumland noch immer.

Es blieb dabei: Ich kam nicht mehr an den Yukon zurück. Dadurch, dass die Dezadeash Lodge nun von Fremden betrieben wurde, dass Heinz, Käthe und all die anderen nicht mehr dort waren, war etwas, das man ein Stück Heimat nennen könnte, nicht mehr da. So bleiben die Erinnerungen an eine wundervolle Landschaft und an Menschen, die mein Leben bereichert haben.

CANADA

Der Schaufelraddampfer *Klondike* in Whitehorse

On the Banks of the Yukon

Blockhaus geht auch höher

Whitehorse-Dawson Road

Karin hätte es gerne wärmer

Wir folgen dem Yukon

Yukon Rapids

Yukon-Mäander

Yukon Bridge

Am Yukon

Die *Keno* in Dawson

Dawson

Dawson

Dawson

Dawson

Boat People
auf dem Yukon

Dempster Highway

Dempster Highway

Your fishing licence please

Dempster Highway

Dempster Highway

Äschen
aus dem Ogilvie

Dempster Highway

On the road

Mitternachtssonne über Eagle Plains

Doppelter Regenbogen über den Richardson Mountains

Arctic Circle

Dempster Highway

Entlang des Ogilvie

Baustelle auf dem
Dempster Highway

Fähre über den
Peel River

Mackenzie
und Mündung
Arctic Red River

Mackenzie
und Mündung
Arctic Red River

Über den Mackenzie

Verbrannter Wald und Fireweed am Dempster Highway

Grabenbruch durch Permafrost am Dempster Highway

Border North-West-Territories

Inuvik: Die Gebäude stehen auf Stelzen

Inuvik

Iglu-Kirche in Inuvik

Sommerlager
der First Nations

Vom Truck in den Graben geschoben

Blütenteppich am Dempster Highway

Abschied vom Yukon bei Dawson

Abschied vom Yukon bei Dawson

Chicken in Alaska

Gravel road nach Eagle am Yukon

Delta Junction

Denali Park:
Eielsen Visitor Center

Denali Park

Mount Denali

Denali Park

Denali Park

Meine Tocher Karin nach dem Schneeschauer

Denali Park

Denali Park: Grizzly am Hang

Earthquake Park in Anchorage

Matanuska Glacier

Flugfeld mit Wrangell Mountains

Kluane Lake

Kluane Lake

Kluane Lake

Pferde am
Alaska Highway

Rückflug von Whitehorse mit CP Air (Canadian Pacific Air Lines gibt es nicht mehr. 1987 mit zwei weiteren Fluglinien zusammengeschlossen, gingen diese 2001 in der Air Canada auf.)